ÉPHÉMÉRIDES

RECUEIL DE PENSÉES

A L'USAGE DES FEMMES

SUIVI

D'UN APPEL ADRESSÉ A SES SŒURS

PAR

UNE FEMME

La femme est une fleur, qui ne
donne son parfum qu'à l'ombre.
LAMENNAIS.

PARIS

LIBRAIRIE SANDOZ ET FISCHBACHER
G. FISCHBACHER, ÉDITEUR
33, RUE DE SEINE, 33

MDCCCLXXX

Signé; Jeanne L. Knappart.

ÉPHÉMÉRIDES

RECUEIL DE PENSÉES

A L'USAGE DES FEMMES

SUIVI

D'UN APPEL ADRESSÉ A SES SŒURS

ÉPHÉMÉRIDES

RECUEIL DE PENSÉES

A L'USAGE DES FEMMES

SUIVI

D'UN APPEL ADRESSÉ A SES SŒURS

PAR

UNE FEMME

> La femme est une fleur, qui ne
> donne son parfum qu'à l'ombre.
>
> LAMENNAIS.

PARIS

LIBRAIRIE SANDOZ ET FISCHBACHER

G. FISCHBACHER, ÉDITEUR

33, RUE DE SEINE, 33

—

MDCCCLXXX

PRÉFACE

Présenter au public un ouvrage, quelque modeste qu'il soit, est toujours chose délicate, surtout quand l'auteur est une femme et le présentateur un homme. Mais il est des périls que l'amitié doit savoir affronter, surtout pour le soutien d'une noble cause. Une femme qui parle à ses sœurs, encourage les timides, relève les abattues, trace à toutes d'une main ferme la voie qu'elles doivent suivre, définit leurs devoirs et revendique leurs droits, — n'est-ce pas le sujet le plus attachant qui se puisse offrir au lecteur? Le RÔLE DE LA FEMME! Tout l'avenir est là, celui de la France et celui de l'humanité! Où ce rôle grandit, la société s'élève; où il s'abaisse, elle déchoit. La femme, qui est naturellement supérieure à l'homme dans le bien, peut lui devenir supérieure dans le mal, car tout est contraste chez cet être,

✳

doux et violent, faible et passionné. Sainte Monique est supérieure à saint Vincent de Paul; Lucrèce Borgia est supérieure à Machiavel. Sans doute, la société moderne compte plus de Moniques que de Lucrèces; sans doute l'éducation greffe sur les caractères les plus âpres les fruits plus doux de la science et de la morale : mais quelle distance de ce mieux relatif, au bien! Or, si la perfection n'est pas de ce monde, le mal n'est pas partout inévitable : en mainte rencontre on peut lutter avec lui et le vaincre. Le premier devoir qui s'impose à toute femme d'un esprit élevé, c'est de comprendre et de remplir son rôle, et, quand elle l'a compris, de le marquer si clairement à ses sœurs, qu'elles ne puissent plus s'y tromper.

Tel eût été le désir de l'auteur, mais telle n'est pas l'ambition de ce petit livre. Sa forme, son titre, le rang secondaire donné à la partie originale, tout annonce ses modestes prétentions. L'auteur, qui n'est pas de nationalité française, a dû s'arrêter devant des difficultés d'exécution presque insurmontables, et se borner à une indication générale de ses pensées. L'ensemble s'en est trouvé réduit, le détail supprimé et par suite la portée diminuée. Il n'est pas facile d'aller jusqu'au bout de ses idées dans une langue étrangère : quoi que vous fassiez, l'instrument sera rebelle, l'expression trahira souvent la pensée, et l'idée ne sera pas rendue avec toute sa force. De

même un organiste habile qu'on mettrait devant un
piano lui ferait rendre le son voulu sans lui donner
tout son effet. Le clavier est le même, soit ; mais le
mécanisme, mais les dessous ? Ainsi, pour quiconque
écrit, les pensées sont comme des touches : toutes les
langues peuvent faire la note ; la langue mater..elle
seule saura chanter.

Mais, dira-t-on, il était facile à l'auteur d'écrire
dans sa langue. Fort bien Voulez-vous me dire combien de personnes en France entendent le hollandais ? Or, l'auteur, écrivant surtout pour ces Fran-
çaises vers lesquelles l'attire une irrésistible
sympathie, a la gracieuseté de s'adresser à elles en
français. Combien de nos compatriotes pourraient
lui rendre la pareille ?

L'auteur a donc préféré dire moins, pour être
mieux entendue, et imposer à sa pensée une gêne de
plus, dût sa pensée y perdre. Être lue, être com-
prise, voilà son but : c'est pourquoi la langue la
plus répandue a été choisie. Car, il faut bien le
dire, toute prétention de forme est absente de ce
livre ; ce n'est point un éloge littéraire qu'il sollicite, si tant est qu'il en sollicite un. Dans le premier dessein de l'auteur, la partie qui est ici la
seconde venait en premier lieu, plus développée, et
devait donner son nom à l'ouvrage, auquel était
rattaché un ingénieux recueil. Plus tard, par une
modestie bien rare et peut-être exagérée, cette

*partie a été réduite jusqu'à devenir un simple appen-
dice, un commentaire aux* Aphorismes. *C'est sous
cette modeste forme que le livre se présente aux
lecteurs.*

*Ici je voudrais dire combien, malgré tout le soin
qu'a mis l'auteur à se faire humble, son œuvre est
bonne et belle. Je voudrais dire quelle douce émo-
tion m'a saisi en lisant certaines pages de l'*ÉPOUSE
ou de la MÈRE, *pages si pleines de tendresse, de vérité et de simplicité, paroles d'un cœur généreux,
chaud et toujours jeune! Mais la discrétion m'est
imposée, et l'amitié qui m'obligeait naguère à parler,
m'oblige ici à me taire. J'admire trop la modestie
pour ne la point respecter. D'ailleurs, le meilleur
éloge d'un livre n'est-il pas dans la bouche de ses
lecteurs?*

*Je suis plus à mon aise pour parler du recueil,
dont l'idée seule appartient à l'auteur. L'invention
n'est pas seulement originale, elle est utile. Outre
que ces emprunts faits à de nombreux écrivains at-
testent une foule de lectures dont la substance a été
extraite à notre intention, la forme brève des penseurs aiguillonne l'esprit, pique sa curiosité, et le
goût des aphorismes est éminemment moral. Tout le
monde n'a pas les loisirs nécessaires pour étudier
les livres qui traitent d'éducation; ce recueil comble
une lacune. La ménagère qui n'aurait pas une heure
à dépenser en recherches, trouvera facilement cinq*

*minutes pour graver dans son esprit une belle pensée.
Souvent même la réflexion, une réflexion latente qui
persiste à travers mille occupations matérielles,
mûrira cette pensée, en suscitera d'autres, et provo-
quera toute une fermentation morale. La disposition
par éphémérides, en proposant un texte à la méditation de chaque jour, peut aussi amener des coïnci-
dences qui sont des enseignements. Enfin, il n'est pas
jusqu'aux plus humbles maximes recueillies qui n'aient
leur utilité, et dont la présence n'accuse chez l'auteur cette constante préoccupation : Élever et développer la femme au triple point de vue physique,
intellectuel, et surtout moral.*

S. R.

M. de M., 11 octobre 1879.

APHORISME

Une douce lumière, impercepti-
blement insinuée dans les esprits,
y porte une joie qui s'y augmente
par la réflexion.

JOUBERT.

A

DIEU

Permets, ô Père Céleste, que ton nom soit le premier qui se lise sur ces pages. Mieux que l'auteur, tu sais quelle force j'ai puisée en toi pour l'accomplissement d'une tâche sacrée. Je te rends grâce, ô mon Dieu, de ce que tu m'as enveloppée comme de ton bras protecteur : par toi j'ai eu le courage d'adresser à mes sœurs quelques paroles de relèvement. Que ta bénédiction repose sur ce petit livre, qu'il contribue au bonheur de tes créatures, et que chacune d'elles puisse dire avec moi : je t'aime, et me voici pour faire ta volonté.

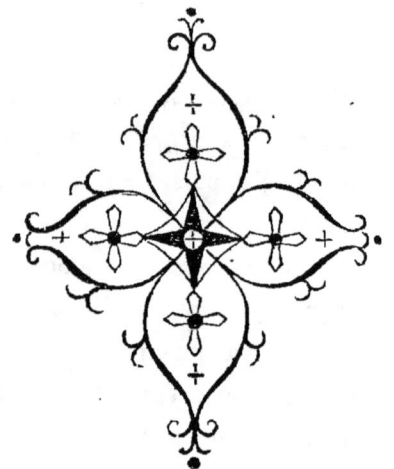

ÉPHÉMÉRIDES

JANVIER

—

1er.

D'un cœur qui t'aime,
Mon Dieu, qui peut troubler la paix ?
Il cherche en tout ta volonté suprême,
Et ne se cherche jamais.
Sur la terre, dans le ciel même,
Est-il d'autre bonheur que la tranquille paix
D'un cœur qui t'aime ?

RACINE.

2.

Soyons bons premièrement et puis nous serons heureux ; n'exigeons pas le prix avant la victoire, ni le salaire avant le travail.

VAUVENARGUES.

3.

Heureux ce ménage où la fusion des âmes existe, où le mari, dans cette vie de confiance mutuelle, verse dans l'âme de la femme, l'intelligence, la lumière, la vigueur et le conseil ; et où la femme, de son côté, ombrage la tête de son époux avec une couronne de fleurs gracieuses ; où elle lui donne, comme un arbre fécond, la fraîcheur et les fruits de l'âme aimante, où elle le dédommage des peines de la vie, où elle essuie ses larmes et glisse dans ses veines une huile de joie et de bonheur.

Mgr LANDRIOT.

4.

On demande quatre choses à une femme :
    Que la vertu habite son cœur,
    Que la modestie brille sur son front,
    Que la douceur découle de ses lèvres,
    Que le travail occupe ses mains.

Mme DE STAEL.

5.

Quand on donne beaucoup d'ordres, c'est plutôt pour l'avantage des parents que pour celui des enfants. La meilleure manière de gouverner, c'est de ne *pas trop gouverner*.

RICHTER.

6.

Que la jeune fille ait une éducation assez forte, assez réelle, pour que, si elle ne se marie pas, elle sache s'occuper, remplir sa vie, respecter le temps qui passe et ne pas le perdre ; qu'elle sache trouver le temps de faire beaucoup de bien, le temps des fortes études, le temps des nobles développements de sa pensée, remplaçant ainsi ce qui lui manque en occupations forcées et en devoirs dans l'intérieur de la maison.

A. COQUEREL.

7.

Il y a là-haut un père et un ami, qui met notre bonheur dans notre devoir.

LABOULAYE.

8.

Une grande âme est au-dessus de l'injure, de l'injustice, de la douleur, de la moquerie ; et elle serait invulnérable, si elle ne souffrait pas la compassion.

LA BRUYÈRE.

9.

Ne faites rien que votre ennemi ne puisse savoir.

SÉNÈQUE.

10

Un fauteuil ou une sellette un trône ou un écha-
faud sont également propres à servir de chaire à la
vérité.

LE SEMEUR.

11.

L'Evangile sans souffrance est le partage du ciel, la
souffrance sans l'Evangile celui de l'enfer, l'Evangile
avec les souffrances celui de la terre.

SAILER.

12.

C'est par l'âme qu'il faut se distinguer de la foule,
par l'extérieur il faut lui ressembler.

SÉNÈQUE.

13.

Nous demandons qu'on accoutume les jeunes filles à
agir, à penser, à vouloir, à se gouverner elles-mêmes,
comme elles en ont le droit, pour qu'au moment où
il faudra décider de leur avenir, elles aient une opinion, qui en soit une, sur elles-mêmes, sur leur
propre sort, sur la vie; qu'elles puissent donner un
avis, qui soit quelque chose et qui vaille la peine
d'être entendu.

A. COQUEREL.

14.

L'homme trouve en son cœur la loi, qui commande le bien et qui flétrit le mal.

LABOULAYE.

15.

Le monde, ses plaisirs, ses succès, ses luttes aussi et ses déceptions ne devraient — si l'on était sage — jamais déterminer le choix des talents que l'on entreprend de donner à une jeune fille. Dans ce choix, dans la direction donnée au travail, qui prépare un talent, il faut être guidé uniquement par l'intérêt de la famille, qui se groupera un jour autour de la femme.

Mme E. RAYMOND.

16.

On n'est pas modeste parce qu'on nie son esprit ou son talent; on n'est pas modeste parce qu'on se rapetisse ou qu'on se cache; on est modeste parce qu'on ne se montre orgueilleux ni de ce qu'on peut, ni de ce qu'on vaut, et qu'on bannit toute ostentation. Ayons des qualités pour en faire usage et non pour en faire parade. Du reste, la modestie se compose de vérité, comme tout ce qui est beau et bon.

CH. ROZAN.

17.

Quel don de Dieu pour une famille ! Une sainte fille
« obéissant à ses maîtres avec tremblement, dans la
simplicité de son cœur, comme à Christ; ne les servant pas seulement sous leurs yeux, mais faisant de
bon cœur la volonté de Dieu; » soigneuse de leur com-
plaire, évitant de les contredire, épousant tous leurs
intérêts, et fidèle jusqu'au scrupule, s'accommodant à
leurs infirmités au dedans, et les couvrant au dehors du
voile de sa charité, élevant enfin sa condition à la
hauteur de ses sentiments, libre par la foi, esclave
par l'amour !

St PAUL ET A. MONOD.

18.

Attachez-vous à suivre la voie sacrée de la vérité,
et vous ne tromperez jamais, ni vous, ni les autres.
Certaine dévotion laisse vivre le faux, et voilà pourquoi je la hais.

GŒTHE.

19.

L'éducation doit mettre au jour l'idéal de l'individu.
RICHTER.

20.

Ah! si les femmes honnêtes avaient le courage, la

constance, la passion pour le bien, les mœurs sociales seraient changées bien rapidement et bien radicalement.

A. Puéjac.

21.

C'est la force de l'âme qui fait l'énergie du corps, et pour l'âme il n'y a de force qu'en Dieu.

Laboulaye.

22.

Évite la vanité et l'orgueil. Quand tu aurais toute la prudence et toute l'habileté des anciens, si tu n'as pas l'humilité, tu n'as rien, tu es même la personne du monde qui mérite le plus d'être méprisée.

Confucius.

23.

Devoir! devoir! divin frère du travail! Loi auguste et sainte, qui ranimes ceux mêmes sur qui tu pèses, et guéris ceux que tu blesses. Dieu des âmes fortes, sauveur des âmes faibles; conseiller, consolateur, seule règle immuable au milieu de ces mondes qui passent et qui changent, étoile polaire de l'âme humaine, je ne puis prononcer ton nom, trop souvent méconnu aujourd'hui, sans le saluer avec respect! Pour qui t'écoute, la richesse devient une obligation,

la pauvreté un enseignement, le pouvoir une charge,
la liberté un frein. Toutes les sociétés, la société
civile comme la société conjugale, ne peuvent vivre
qu'en l'acceptant pour maître, car c'est toi qui nous
dis : Tu es heureux, soutiens; tu es malheureux,
supporte. Certes, tu nous condamnes parfois à de bien
dures épreuves, tu nous forces à gravir au Calvaire,
tu nous perces le flanc de la lance; mais, tout meurtri
de tes coups salutaires, notre cœur, au lieu de te
maudire, t'adore malgré lui et te crie, comme Jésus
crucifié, à son Père : « Mon Seigneur, je remets mon
esprit entre vos mains. »

LEGOUVÉ.

24.

La vraie science et la vraie religion sont deux sœurs
jumelles, qu'on ne peut séparer sans causer la mort
de l'une ou de l'autre. La science grandit dans la
mesure où elle est religieuse, la religion fleurit
dans la mesure où elle enfonce ses bases dans les
profondeurs de la science. Les grandes œuvres accom-
plies par les philosophes ont été moins le fruit de
leur intelligence que de la direction imprimée à cette
intelligence, par un esprit éminemment religieux. La
vérité s'est donnée à leur patience, à leur amour, à
leur simplicité, à leur dévouement, bien plus qu'à
leur génie.

HUXLEY.

25.

Le manque de nourriture, la grande chaleur, le froid excessif produisent des avertissements trop impérieux, pour que nous n'en tenions pas compte; et si les hommes obéissaient communément à ces avertissements et à d'autres semblables, ils n'auraient relativement que peu de maux à redouter. Si la fatigue du corps ou du cerveau était invariablement suivie du repos; si l'oppression, résultant d'une atmosphère renfermée, amenait toujours la ventilation; si l'on ne mangeait pas sans faim, si l'on ne buvait pas sans soif, l'organisme serait rarement hors d'état de fonctionner. Mais il y a en cela une si profonde ignorance des lois de la vie, que les hommes ne savent même pas que leurs sensations sont leurs guides naturels, leurs guides les plus dignes de confiance, lorsqu'elles ne sont pas devenues morbides par suite d'une désobéissance persistante. De sorte que, pour parler avec une concision logique, la nature nous a pourvus de gardiens officieux de notre santé, que le manque de savoir rend en grande partie inutiles.

H. Spencer.

26.

Tout ce qui entrave la marche de la vérité est un sabot aux roues de la félicité.

Sailer.

2

27.

Apprenons à subordonner les petits intérêts aux grands, et faisons généreusement et sans compter tout le bien qui tente nos cœurs. On ne peut être dupe d'aucune vertu.

VAUVENARGUES.

28.

Tout aussi bien qu'il est détestable qu'un homme soit efféminé, il ne faut pas que la femme ait des allures d'homme. Chacun à sa place; que chacun reste lui-même, et que chacun, étant lui-même, sache se respecter et soit, autant qu'il le peut, la réalisation du type, du modèle qu'il doit imiter.

A. COQUEREL.

29.

Il faut mettre à la disposition de nos semblables ce que le ciel nous a donné.

30.

Femmes, prenez au pied de la croix cette élastique ténacité pour le bien, qui fera de vous des héroïnes sous le toit domestique. Les hommes ne compteront pas vos sueurs, ni vos larmes de sang sur la pierre d'une vie cachée; mais, Dieu les comptera.

Mgr LANDRIOT.

31.

Que la femme, par sa tendresse, par sa prudence, par sa bonne administration, par les soins qu'elle donne à ses enfants, fasse de son intérieur un sanctuaire d'ordre, de paix, de bien-être, où son mari puisse trouver, après le mouvement du dehors et le souci des affaires, son repos de prédilection et sa distraction favorite. Qu'il l'y trouve si bien, qu'il n'ait pas même l'idée de chercher ailleurs, qu'auprès de sa emme, ce contentement, dont il a besoin pour dissiper sa fatigue, pour alléger ses peines, pour calmer ses esprits agités, pour leur rendre leur élasticité relâchée.

A. MONOD.

FÉVRIER

1ᵉʳ.

Au commencement, la solitude est une amie sévère, mais elle ne fatigue jamais et devient douce avec le temps.

***.

2.

Le travail manuel, quelle que soit sa forme, qu'on file la laine ou le lin, qu'on prenne le fuseau ou l'aiguille, qu'on veille sur la cuisine ou sur la préparation des vêtements, le travail manuel est une des plus grandes et des plus utiles ressources dans la vie des femmes; et une des plaies de notre époque est de le voir délaissé, ou du moins p'us rarement pratiqué.

Mgr LANDRIOT.

3.

La foi n'est pas une croyance, mais une confiance à toute épreuve dans la miséricorde de Dieu, manifestée en Christ, une communion de vie avec le Sauveur, une transformation de notre conscience à son image.

COLANI.

4.

On peut attirer les cœurs à soi par les vertus qu'*on montre*, on ne les fixe que par celles qu'*on a*.

SUARD.

5.

Gagner une minute de réflexion entre la coupe et les lèvres, c'est souvent gagner une victoire.

6.

Si tout ton cœur est dans le ciel, alors tout le ciel est dans ton cœur.

SAILER.

7.

L'homme digne d'être écouté est celui qui ne se sert de la parole que pour la pensée et de la pensée que pour la vérité et la vertu.

FÉNELON.

2.

8.

Qu'il faut du temps souvent pour comprendre l'éloquence d'un regard ou le charme d'un sourire ! Qui sait si les plus jolies femmes ne sont pas les *presque laides*, celles à qui il faut un motif pour devenir charmantes !

A. DELPIT.

9.

Si Dieu vous a créée petite violette, n'essayez pas d'imiter l'arbrisseau ; si vous êtes le lis éclatant de blancheur, n'aspirez pas à la taille gigantesque du grand chêne ; c'est-à-dire que vos études soient en rapport avec vos aptitudes, la nature de votre vocation, le caractère de votre esprit, et ne cherchez pas à devenir savantes à la manière des hommes : chaque être dans la création conserve sa nuance en réfléchissant la lumière du soleil.

Mgr LANDRIOT.

10.

Le sentiment religieux est un mobile puissant, universel, enraciné dans les profondeurs de notre nature et dirigé plus que tout autre vers le bien.

Mᵐᵉ NECKER DE SAUSSURE.

11.

A force de goûter Dieu, de savourer Dieu, et d'en
faire l'ami et le confident de vos peines comme de vos
joies, vous deviendrez comme une même chose avec
Lui : ce contact supérieur sera le ciment invisible de
vos pensées, de vos désirs, de vos résolutions et de
vos sentiments.

Mgr LANDRIOT.

12.

La plus noble manière de pardonner est d'ignorer les
torts de chacun.

SÉNÈQUE.

13.

Quand une femme a le don de se taire,
Elle a des qualités au-dessus du vulgaire.
Ç'est un effort du ciel qu'on a peine à trouver :
Sans un petit miracle il ne peut l'achever.

CORNEILLE.

14.

Rien n'est si humain que le christianisme, nul n'est
homme autant qu'un chrétien.

A. VINET.

15.

Si votre petite lampe donne toute sa lumière, c'est toujours autant de ténèbres de moins dans ce monde, quelque petit que soit le coin qu'elle éclaire. Chaque chrétien peut être une bénédiction pour ceux qui l'entourent, un grain de sel qui est destiné à pénétrer et à sauver la masse:

E. WETHERELL.

16.

La femme a le même droit que l'homme d'étudier, de chercher à s'instruire, de résoudre les plus grands problèmes, de pénétrer, s'il est possible, jusqu'au fond des secrets de Dieu et de la conscience.

A. COQUEREL.

17.

Il faut avoir cette indulgence, qui ne vient qu'avec a douleur et qui ne demande pas trop à ceux qu'on chérit.

LABOULAYE.

18.

Le goût de la toilette n'implique pas toujours le goût dans la toilette. Toutes les femmes ne savent pas que l'élégance est surtout, et avant tout, la divination des lois de l'harmonie, que tous les détails dont se compose une toilette doivent être en parfait accord de signification, et qu'il ne suffit pas, pour être bien habillée, d'exposer sur sa personne, à tous les regards, un objet quelconque, dont l'emplette aura coûté une somme élevée. Non, cela ne suffit pas, et voilà pourquoi telle robe simple, bien faite, habillera une femme avec infiniment plus de distinction qu'une coûteuse robe de soie, mal accompagnée ou vieillie dans les longs loisirs que lui a faits son prix d'achat trop considérable, eu égard au budget général.

Mᵐᵉ E. RAYMOND.

19.

Il faut, quand on est femme, qu'on a du talent, choisir entre la gloire et le bonheur, entre le libre emploi de son talent et les intimes douceurs de la vie d'épouse et de mère. Il le faut : la nature le veut ainsi ; la nature porte aussi, à sa manière, des lois contre le cumul, et les maintient sévèrement.

A. VINET.

20.

Notre vie individuelle n'est qu'une nécessité, la vie générale est l'intérêt véritable.

E. SOUVESTRE.

21.

L'idéal de l'éducation serait d'obtenir une complète préparation de l'homme à la vie tout entière.

H. Spencer.

22.

Il faut que la femme soit capable, si les circonstances la placent dans une situation pénible, de se tirer d'affaire elle-même.

A. Coquerel.

23.

Sois ce que tu es. Que rien ne soit ni petit ni grand à tes yeux. Sois fidèle dans les moindres choses. Fixe ton attention sur ce que tu fais, comme si tu n'avais que cela seul à faire. Celui qui a bien agi dans le monde actuel, fait une bonne action pour l'éternité. Simplifie les objets, soit en agissant, soit en jouissant, soit en souffrant. Donne ton cœur à Celui qui gouverne les cœurs. Sois juste et exact dans les plus petits détails. Espère en l'avenir. Sache attendre, sache jouir de tout, et apprendre à te passer de tout.

Lavater.

24.

On peut mettre la passion dans le devoir, et non

seulement on le peut, mais on le doit ; c'est là le secret
de la vie des honnêtes femmes. Le devoir tout seul est
bien sec, on dit qu'il n'est pas poétique. Mais il faut
qu'il le devienne pour qu'on ait du plaisir à le pra-
tiquer. Et c'est à poétiser le vulgaire devoir que nous
servent ces dispositions romanesques, contre lesquelles
on lance l'anathème. — Qu'on essaie d'épouser une
femme qui ne soit pas romanesque !. Il arrivera que
tout lui paraîtra plat et insipide dans la vie ; son mari
d'abord, puis son foyer, ses enfants, sa religion même.
Ah ! ce n'est pas contre les idées romanesques qu'il
faut mettre en garde la génération présente, le danger
n'est pas là pour le moment. Nous ne périssons pas
par l'enthousiasme. Tâchez donc d'avoir un grain de
poésie dans la tête. Le sentiment poétique au foyer
d'une femme, c'est la musique et l'encens dans une
église, c'est le charme dans le bien.

O. Feuillet.

25.

La vraie richesse de la vie, c'est l'affection ; sa vraie
pauvreté, c'est l'égoïsme. Nous vivons à proportion
que nous aimons ; l'égoïsme est une consomption, une
mort, un suicide. Qui voyez-vous ici-bas sereins et
joyeux, sinon ceux qui ont transporté leur vie hors
d'eux-mêmes ? Qui voyez-vous mécontent, sombre,
ennuyé, sinon celui qui ne pense qu'à soi ? Pour ne

pas s'ennuyer, il faut, à défaut des personnes, aimer
au moins des idées; il faut se répandre, il faut se communiquer, il faut sortir de soi. C'est dans ce contact
de l'âme avec l'âme qu'on peut vivre avec plénitude;
toute autre vie n'est qu'une mort.

A. Vinet.

26.

Le monde se partage en deux classes : les gens qui
attendent, et les gens qui font attendre; rangeons-nous
parmi les premiers, car il faut beaucoup mieux aimer
souffrir des autres, que faire souffrir les autres.

Legouvé.

27.

Vous allez à la vérité par la poésie, et j'arrive à la
poésie par la vérité.

Joubert.

28.

Le temps ne se compose pas seulement d'heures et
de minutes, mais d'amour et de volonté : on a peu de
temps quand on a beaucoup d'amour, et même, chose
remarquable, on a peu d'amour quand on a beaucoup
de temps.

A. Vinet.

29.

Il paraît que la religion, ou l'union de l'âme avec Dieu dans le temps et dans l'éternité, doit être ici-bas le but de l'homme, et que l'observation toujours plus exacte de la loi divine, qui est la loi morale en même temps, est la route par laquelle il doit atteindre ce but. Alors le perfectionnement est en lui l'effet de l'amour; il s'améliore constamment; mais loin de s'enorgueillir de ses progrès, il s'en aperçoit à peine, tant le modèle qu'il a devant lui reste supérieur à lui-même.

Mᵐᵉ NECKER DE SAUSSURE.

MARS

—

Iᵉʳ.

Celui qui craint Dieu n'a rien à craindre ; celui qui
ne le craint pas doit tout craindre.

K. VON WOLZOGEN.

2.

L'enfant doit suivre deux régimes, en apparence
opposés : l'un d'assujettissement, pour l'accoutumer à
réprimer ses désirs capricieux, l'autre de la liberté,
afin qu'il se forme en lui une volonté indépendante.

Mᵐᵉ NECKER DE SAUSSURE.

3.

La charité, qui reste maîtresse d'elle-même, qui
reste en possession de ses lumières et de sa volonté,

est plus réelle, plus féconde, plus vivante, plus aimante que la charité, qui s'est enrégimentée et qui abdique toute raison, toute volonté individuelle.

FL. NIGHTINGALE.

4.

Le sage ne s'attristera point lui-même et ne sera point ému par crainte. Il ne craindra point, parce qu'il n'a rien qui soit capable de lui nuire : et il ne s'attristera point, parce que la tristesse est inutile; ce qui est une fois ne pouvant pas n'avoir point été, et parce que tout ce qui arrive, venant par la permission du ciel, il n'a pas raison de désapprouver un événement plutôt qu'un autre, parce qu'il n'en sait pas les suites, et ne saurait, par conséquent, juger du bien ni du mal qui en pourrait arriver. Outre que d'ailleurs il doit penser que la Providence céleste en juge mieux que lui, et lui destine toujours ce qui lui convient le mieux.

CONFUCIUS.

5.

La parole est : ce vêtement simple de la pensée, tirant toute son éloquence de sa parfaite proportion avec l'idée à exprimer.

E. RENAN.

6.

Tous les hommes sont de la même famille et ils sont

faits pour se secourir et pour s'aimer les uns les autres.

LABOULAYE.

7.

La charité ressemble à une source inépuisable, de laquelle l'eau coule d'autant plus fraîche qu'on y puise davantage.

Bᵒⁿ VON CARAVALL.

8.

Instruis le jeune enfant à l'entrée de sa voie, et même quand il sera devenu vieux, il ne s'en départira point.

SALOMON.

9.

Partout on cherche à rapprocher l'éducation des femmes du niveau auquel s'est élevée déjà l'éducation des hommes.

A. COQUEREL.

10.

Les principes réels de la protection des animaux, ce sont : la volonté de Dieu, la conscience de l'homme et les droits de l'animal ; quand les lois protectrices seront partout en harmonie avec ces principes, l'œuvre des sociétés protectrices des animaux marchera à pas de géants ; et, dans toute l'étendue du cercle de ses travaux, on pourra se convaincre qu'elle contribue immensément à rendre l'homme vraiment humain, juste et charitable ; ce sera un de ses plus beaux fruits.

VAN MANEN

11.

Le devoir n'est pas de tout souffrir, mais de tou souffrir pour le devoir ; quelquefois même le devoir est de ne pas souffrir.

A. VINET.

12.

Il n'est pas vrai que les faits de science soient en eux-mêmes dénués de poésie, ou que la culture scientifique nous rende impropres à l'exercice de l'imagination et à l'amour du beau. La science ouvre au savant des royaumes de poésie là où l'ignorant ne voit rien.

H. SPENCER.

13.

Tout en voyant le mal, je crois au bien ; le ma domine sans doute ; chaque jour il fructifie dans la société ; mais il faut être juste, on le cultive ; et si on faisait les mêmes efforts pour exciter le bien, il est probable qu'on obtiendrait les mêmes perfectionnements.

PASCAL.

14.

Celui qui, dans ses études, se donne tout entier au travail et à l'exercice, et qui néglige la méditation, perd son temps ; mais aussi celui qui s'applique tout entier à la méditation, et qui néglige le travail et l'exercice, ne peut que s'égarer et se perdre. Le premier ne saura jamais rien d'exact, ses lumières seront toujours mêlées de ténèbres et de doutes ; et le dernier ne poursuivra que des ombres ; sa science ne sera jamais sûre, elle ne sera jamais solide. Travaille, mais ne néglige pas la méditation. Médite, mais ne néglige pas le travail.

CONFUCIUS.

15.

Toute tentative de réforme ou de perfectionnement est individuelle avant d'être collective.

A. VINET.

16.

Comme en ce qui touche au gouvernement politique de même, en ce qui touche au gouvernement domestique, il est bon de montrer l'idéal, afin qu'on puisse en approcher par degrés.

H. SPENCER.

17.

Pour se connaître soi-même, il suffira de se poser cette question, et surtout d'y répondre avec bonne foi : Que préférerais-je ? Mériter l'admiration sans l'obtenir, — ou l'obtenir sans la mériter ?

Mme E. RAYMOND.

18.

Souviens-toi qu'au jour de ta naissance, tous étaient joyeux, et que toi seul pleurais. Vis de telle sorte qu'à ton dernier moment tous les autres pleurent et *que tu sois le seul* qui n'ait point de larmes à répandre.

19.

Croire, c'est se confier : croire, c'est compter sur Dieu.

A. VINET.

20.

La poésie n'est pas tout entière dans la rêverie ; elle est aussi dans l'action ; et le tableau que présente une famille réunie dans une demeure bien appropriée à ses goûts et à ses besoins peut être très poétique ; cela dépend entièrement de ceux qui l'habitent et qui l'animent de leurs pensées et de leurs sentiments.

Mme E. RAYMOND.

21.

Aux esprits curieux le vrai sourit encore plus que l'utile.

J. E. PLANCHON.

22.

Tout ce qui nous paraît beau n'est pas bon, je l'avoue ; mais Dieu a voulu que tout ce qui est bon fût beau, et ces deux choses n'ont eu, primitivement, qu'un même nom. La beauté est une partie, une forme de la vérité.

A. VINET.

23.

On ne peut pas commencer l'éducation trop tôt. Dans les premières années on peut tout apprendre à enfant.

LABOULAYE.

24.

Vivre en soi, ce n'est rien ; il faut vivre en autrui.
A qui puis-je être utile, agréable aujourd'hui ?
Voilà chaque matin ce qu'il faudra se dire.
Et le soir, quand des cieux la clarté se retire,
Heureux à qui son cœur tout bas a répondu :
Ce jour qui va finir, je ne l'ai pas perdu ;

Grâce à mes soins, j'ai vu sur une face humaine
La trace d'un plaisir ou l'oubli d'une peine.

ANDRIEUX.

25.

Qu'est-ce que Dieu?
Loin de rien dire ici de cet Être suprême,
Gardons, en l'adorant, un silence profond!
Le mystère est immense, et l'esprit s'y confond;
Pour dire ce qu'Il est, il faut être Dieu même!

26.

Naître, vivre, mourir! Tout le destin des hommes,
Le secret de la vie et le décret de Dieu,
Tout ce que nous étions, et tout ce que nous sommes,
Tout ce que nous serons!... en trois mots, que c'est
peu!]
Mais, si l'instant obscur qui nous a donné l'être,
Dans son germe contient un avenir sans fin,
Si l'effort a son but et non pas son peut-être,
Si tout ce qui commence a son terme divin;
Si notre esquif atteint, guidé par l'espérance,
Par le fleuve du temps, l'océan éternel;
Si la mort que l'on craint n'est qu'une renaissance,
Si la route n'est rien que le chemin du ciel;
Si, quand le temps finit, l'éternité commence,
Heure unique et sans sœur, qui ne frappe qu'un coup
Vivre alors, vivre ami! Dans un mot, c'est beaucoup

27.

Toute transition est dangereuse; et la plus dangereuse de toutes est le brusque passage de la contrainte
de la maison paternelle à la liberté du monde. Que
l'histoire de votre législation domestique soit donc, en
petit, l'histoire de notre législation politique : au début,
le contrôle est autocratique, quand le contrôle est
réellement nécessaire; bientôt après, un constitution-
nalisme naissant, dans lequel la liberté du sujet est,
sur quelques points, reconnue : ensuite, des extensions
successives de la liberté du sujet, pour finir par l'abdication royale.

H. SPENCER.

28.

Il faut avoir la force d'âme qui commande au corps
de vivre.

G. SAND.

29.

L'exactitude n'est autre chose que la probité rigide,
rigoureuse, s'appliquant aux menus détails de la vie,
aux rapports que nous avons avec nos semblables.
C'est le respect de la parole engagée, quel que soit le
sujet de l'engagement pris.

Mme E. RAYMOND.

3o.

La vraie piété ne sèche pas les larmes, mais elle les fait couler où il faut.

TILLEMONT.

31.

Respectons chez la femme l'intelligence, la conscience, la dignité, l'art de se gouverner soi-même, surtout la noblesse morale.

A. COQUEREL.

AVRIL

Ier.

De l'union des deux esprits de femme et mari développés, de ces deux esprits nécessairement différents, mais non trop inégaux, naîtront les plus doux entretiens, les relations de pensée les plus utiles, les plus belles, les plus précieuses, les plus charmantes. De là résulte que la femme ne sait jamais assez, quand il s'agit des choses belles et bonnes qu'il peut lui être utile de savoir.

A. Coquerel.

2.

De leur meilleur côté tâchons de voir les choses.
Vous vous plaignez de voir les rosiers épineux;
Moi, je me réjouis, et rends grâces aux Dieux,
　　Que les épines aient des roses.

Alphonse Karr.

3.

Si le naturel est charmant, c'est parce qu'il ne s'é-
lève pas plus qu'il ne s'abaisse aux dépens de la vérité, parce qu'il reste strictement exact dans son
appréciation de lui-même, et qu'il ne s'efforce pas
d'en imposer à ses semblables, pour surprendre leur
admiration, leur estime, ni leur sympathie. Il a tout
cela, quand il le mérite, mais ne prétend à rien au delà
de ce qu'il mérite.

Mme E. RAYMOND.

4.

Sans soin du lendemain, sans regret de la veille,
L'enfant joue et s'endort, pour jouer se réveille.
Trop faible encor, son cœur ne saurait soutenir
Le passé, le présent et l'immense avenir.
A peine au présent seul son âme peut suffire ;
Le présent seul est tout : un coin est son empire,
Un hochet son trésor, un point l'immensité,
Le soir son avenir, un jour l'éternité,
Mais l'homme tout entier est caché dans l'enfance.

DELILLE.

5.

O Dieu ! s'il faut qu'on te craigne,
Tu veux surtout être aimé ;

Être aimé, voilà ton règne ;
Ta gloire, c'est d'être aimé.

A. VINET.

6.

On court bien loin pour chercher le bonheur,
A sa poursuite en vain l'on se tourmente ;
C'est près de nous, dans notre propre cœur,
Que le plaça la nature prudente.

7.

La noblesse du cœur est une flamme que rien ne
peut étouffer, et qui tend sans cesse à s'élever,
comme pour rejoindre le foyer de grandeur et de
bonté éternelle, dont elle émane. Quels que soient les
éléments contraires, qui combattent ces destinées
élues, elles se font jour, elles arrivent sans effort à
prendre leur place, elles s'en font une au milieu de
tous les obstacles. Il y a sur leur front comme un
sceau divin, comme un diadème invisible, qui les
appelle à dominer naturellement les essences infé-
rieures ; on ne souffre pas de leur supériorité, parce
qu'elle s'ignore elle-même : on l'accepte parce qu'elle
se fait aimer.

8.

Une femme excellente est le plus précieux trésor
pour une maison ; c'est la vie de l'intérieur, c'est la

lumière avec ses mille reflets gracieux, c'est l'âme qui pénètre tout et laisse partout la trace de ses contacts délicieux.

Mgr LANDRIOT.

9.

Une pensée doit nous engager tous et toutes à nous préserver soigneusement de l'intolérance. L'intolérance est incompatible avec les plus belles et les plus douces vertus chrétiennes, avec la charité, avec l'humilité, avec l'amour du prochain. Ceux qui s'appliquent à vouloir gouverner, redresser leurs semblables, ne se sont-ils jamais avisés de ce fait bien simple, que le temps employé à cette œuvre de perfectionnement d'autrui serait bien plus efficacement utilisé si l'on s'en servait pour travailler chacun à son propre perfectionnement ?

Mme E. RAYMOND.

10.

Oh! l'amour d'une mère! amour que nul n'oublie,
Pain merveilleux qu'un Dieu partage et multiplie!
Table toujours servie au paternel foyer!
Chacun en a sa part, et tous l'ont tout entier!

VICTOR HUGO.

11.

Admirer est œuvre d'instinct; savoir admirer œuvre de science.

CH. RÉVILLOUT.

12.

O Dieu ! par ta lumière nous voyons ce que nous devons faire. — O Dieu ! par ta force nous voulons ce que nous voyons, — et par ta bénédiction nous accomplissons ce que nous voulons.

NEWTON.

13.

La femme, avec la finesse de son esprit, avec la ductilité de son caractère, la souplesse de sa nature, la perspicacité de son intelligence et la faculté divinatrice de son cœur, peut, quand elle met toutes ces ressources à la disposition de la sagesse et de la vertu, se tirer de tous les mauvais pas, de toutes les situations difficiles, et forcer peu à peu tous les éléments contraires à lui rendre justice et à seconder sa marche. Mais, pour en arriver là, il faut appartenir à la classe des femmes fortes, il faut savoir se posséder dans le calme de la vigueur morale.

Mgr LANDRIOT.

14.

Mais parmi les progrès dont notre âge se vante,
Dans tout ce grand éclat d'un siècle éblouissant,
Une chose, ô Jésus, en secret m'épouvante,
C'est l'écho de ta voix, qui va s'affaiblissant.

A. DE MUSSET.

15.

Il n'y a de bonheur que dans un cœur qui aime.

A. Vinet.

16.

Les soins minutieux, accordés à la préparation de la nourriture, sont une des formes que revêt le sentiment du dévouement.

Mᵐᵉ E. Raymond.

17.

Dans mille occasions de ma vie, j'ai reconnu qu'il ne dépendait pas de nous d'éprouver ou de n'éprouver pas des sentiments coupables, mais qu'il dépendait tonjours de nous de ne pas les traduire en actes. J'ai reconnu, de plus, que le meilleur et peut-être l'unique moyen de combattre et de vaincre les passions mauvaises, n'est pas de leur opposer les arguments abstraits de la raison, de la conscience ou de l'honneur, mais d'agir contre elles effectivement, et de forcer en quelque sorte la main à faire le bien quand le cœur veut le mal.

Octave Feuillet.

18.

Il faut allier l'éducation privée à l'éducation publique ; chacune a son pouvoir, et l'influence de l'une,

4.

loin d'exclure celle de l'autre, la réclame et ne peut se compléter que par cela,

LEGOUVÉ.

19.

Si nous nous contentions d'être ce que nous sommes, nous n'aurions point à déplorer notre sort ; mais pour chercher un bien-être imaginaire, nous nous donnons mille maux réels. Qui ne sait pas supporter un peu de souffrance doit s'attendre à beaucoup souffrir.

J.-J. ROUSSEAU.

20.

Ne cherche pas le ciel là-haut dans cet azur,
Où la lune pâlit, où le soleil s'enflamme ;
  Le ciel, mon fils, est dans ton âme,
  Le paradis, c'est un cœur pur.

LABOULAYE.

21.

Si la croix est votre portion, la couronne sera votre récompense.

W. ROMAINE.

22.

Dans l'âme religieuse la grande idée du devoir

survit à tout, et lui donne une activité indépendante des pensées terrestres.

Mme NECKER DE SAUSSURE.

23.

Ce qui importe devant Dieu, ce n'est pas la position, c'est la disposition ; et la marque la plus sûre d'une disposition bien ordonnée, c'est d'accepter la position où nous sommes, comme choisie de Dieu dans l'intérêt de notre développement spirituel.

A. MONOD.

24.

On ne s'ennuie jamais quand on aime. L'amour est la plénitude dans le vide, et la mélancolie chrétienne n'a rien de commun avec le dégoût de la vie.

A. VINET.

25.

Le sage cherche la cause de ses défauts en soi-même : mais le fou, se fuyant soi-même, la cherche partout ailleurs que chez soi.

CONFUCIUS.

26.

La confiance intime du cœur est une chose qui ne se donne, ni ne se commande : il faut la conquérir par la vertu. La confiance tient à des choses si éle-

vées, que Dieu n'a pas voulu l'a mettre à la libre disposition de l'homme. Méritez donc la confiance.

Mgr LANDRIOT.

27.

Jésus-Christ ne s'est pas contenté de nous exhorter
à souffrir ; le premier il nous en a donné l'exemple.
Ce n'est pas à ses ennemis, c'est à ses amis qu'il
commande de boire son calice, de porter sa croix.

ORIGÈNE.

28.

L'homme sait plus accomplir, la femme plus endurer ; l'homme est plus entreprenant, la femme plus
patiente ; l'homme est plus hardi, la femme plus
forte.

A. MONOD.

29.

Développer dans l'individu toute la perfection dont
il est susceptible est le but de l'éducation.

KANT.

30.

Gardez-vous de mettre votre religion et votre Dieu
dans votre imagination, parce que l'imagination n'est
nullement solide, parce qu'elle nous exalte et nous
charme un moment, mais se lasse vite et s'égare sou-

vent; mettez votre religion dans votre conscience ;
ayez-la dan votre cœur, et non pas dans votre imagination.

A. COQUEREL.

MAI

--

1er.

Nous rêvons l'avenir, ainsi que font les mères,
Près du berceau d'un fils en veillant tous les soirs;
Notre esprit s'abandonne à ses douces chimères...
La vie, hélas! réserve aux fils comme à leurs pères
    Non des romans, mais des devoirs.

Eh bien! ne te plains pas, ta part est belle et bonne.
J'ai vu fuir loin de moi mes plus riants espoirs;
Mon front s'est dépouillé de sa blonde couronne;
Mais j'ai suivi du moins, comme Dieu me l'ordonne,
    Non mes rêves, mais mes devoirs.

2.

L'économie est respectable seulement quand elle ne

confine point à la parcimonie d'une part, et de l'autre
seulement quand les privations qu'elle comporte sont
supportées uniquement par ceux à qui elle profite !

Mme E. RAYMOND.

3.

La compassion pour les âmes est l'âme de la compassion.

E. FREY.

4.

Le salut est montré à la foi, il est préparé à l'espérance et donné seulement à l'amour.

F. DE SALES.

5.

Le meilleur hommage que l'homme puisse offrir à
la divinité, c'est le spectacle d'une vie heureuse par la
pratique de ses devoirs.

6.

Aimer spirituellement, c'est aimer comme Dieu
aime et comme Dieu veut être aimé. Tout ce qui,
dans l'amour, n'est que nature, instinct, goût, com-
plaisance pour soi-même, tout ce qui, dans l'amour,
est fait à l'image du monde et du temps, disparaît ou
se subordonne. L'amour, épuré et divinisé, s'élève et
s'attache à ce qui est invisible et immortel ; il devien

à la fois plus tendre et plus saint, plus intime et plus respectueux; il aime Dieu en toute âme, il aime toute âme en Dieu: le fidèle qui voit toutes choses avec l'œil même de Dieu, aime, si l'on ose s exprimer ainsi, avec le cœur même de Dieu.

A. VINET.

7.

Soumettez-vous toutes choses, Dieu vous les a données; soumettez-vous le soleil si vous le pouvez, mais une âme immortelle, vous n'en avez pas le droit; elle ne vous appartient pas, elle n'appartient qu'à Dieu.

CHANNING.

8.

Le thé n'est absolument rien en lui-même, son seul mérite est dans les associations amicales et poétiques qu'il produit, dans sa chaleur et son parfum, et plus il est pris simplement en famille, plus il conserve sa nature joviale et réjouissante.

Mme BEECHER STOWE.

9.

Il est une fleur douce et blanche,
Qui croit à l'arbre du devoir.
Cueille cette fleur sur sa branche;
Pour être fort demain, respire–la ce soir.

BRIZEUX.

10.

Le christianisme prêche au mari l'amour, le respect ; à la femme l'amour, le respect, la soumission ; aux maîtres la bonté ; aux domestiques la déférence et la patience, mais de telle sorte que, si les premiers sont infidèles à leurs devoirs, la fidélité des seconds doit augmenter. La nature tient évidemment un autre langage ; quand notre prochain manque à ses obligations, nous nous croyons tout à fait libres des nôtres, et cet esprit de libre échange en fait de mauvais procédés n'est peut-être pas une des moindres causes de nos perturbations de famille et de société.

Mgr Landriot.

11.

Les joies sont nos ailes, les douleurs nos éperons.

J. P. Richter.

12.

Il faut le silence, le recueillement, la vue du ciel, pour aimer ; il faut une vie sérieuse et austère, pour aimer ; pour aimer, il faut avoir appris à se haïr. La tendresse de l'âme est proportionnée à sa force, et sa force l'est à son dépouillement.

A. Vinet.

13.

Si je rencontre en mon pèlerinage,
Sur mon sentier l'épreuve et le chagrin,
Puis-je oublier, durant ce court passage,
Que ton enfant n'est pas un orphelin ?

14.

Sois comme l'arbre de sandal qui embaume la hach
qui le frappe.

PROVERBE PERSAN.

15.

Quoi de plus beau, que cette habitude de faire l'en-
quête de toute la journée ! Quel sommeil que celui qui
succède à cette revue de ses actions ! Qu'il est calme,
profond et libre, quand l'âme a reçu sa part d'éloge ou
de blâme, et que, soumise à son propre contrôle, à sa
propre censure, elle fait secrètement le procès de sa
conduite.

SÉNÈQUE.

16.

La vraie sagesse est en Dieu, vient de Dieu, conduit à
Dieu et repose en Dieu.

SAILER.

17.

Les péchés, comme les hérissons, n'ont pas d'aiguillons à leur naissance.

J. P. RICHTER.

18.

Rien ne pénètre aussi doucement et aussi profondément dans l'âme que l'influence de l'exemple.

LOCKE.

19.

Les têtes légères semblent ignorer qu'un livre est inutile s'il ne fait pas penser.

CH. ROZAN.

20.

On ne fait son bonheur qu'en s'occupant de celui des autres.

BERNARDIN DE SAINT-PIERRE.

21.

Heureuse l'âme que Dieu abat, que Dieu écrase, à qui Dieu ôte toute force en elle-même, pour ne se plus soutenir qu'en Lui.

FÉNELON.

22.

La vraie récompense d'aimer, c'est d'aimer davantage encore.

A. VINET.

23.

Il faut moins de joie au dehors à celui qui la porte déjà dans son cœur ; elle se répand de là sur les objets les plus indifférents. Mais si vous ne portez pas au dedans la source de la joie véritable, c'est-à-dire la paix de la conscience et l'innocence du cœur, en vain vous les cherchez au dehors.

MASSILLON.

24.

Les sacrifices que nous faisons à ceux que nous aimons, n'ont de valeur que s'ils les ignorent ; si nous en étions récompensés par leur reconnaissance, où serait le sacrifice ? Nous gagnerions trop au change.

Mᵐᵉ E. DE PRESSENSÉ.

25.

Le savant sincère, le véritable savant est le seul homme qui sache combien est au-dessus, non pas seulement de la connaissance humaine, mais de toute conception humaine, la puissance universelle dont la Nature, la Vie, la Pensée sont des manifestations.

H. SPENCER.

26.

Ceux qui ne voient pas Dieu partout ne le trouveront nulle part.

PETIT-SENN.

27.

Il en coûte quelques efforts pour être *quelqu'un*, marqué à sa propre effigie, ayant une valeur plus ou moins considérable, mais intrinsèque..... tandis qu'il n'en coûte rien pour être seulement *quelque chose*.

Mme E. RAYMOND.

28.

Heureux celui que l'aiguillon divin avertit souvent de la présence du Maître.

A. VINET.

29.

Pourquoi s'éclaire-t-on? Parce qu'on aime.
Pourquoi éclaire-t-on? Parce qu'on aime.

Maîtres et élèves ont tous un maître commun : l'affection.

SOCRATE.

5.

30.

La politesse est à l'esprit
Ce que la grâce est au visage :
De la bonté du cœur elle est la douce image,
Et c'est la bonté qu'on chérit.

VOLTAIRE.

31.

Le souvenir, c'est le bonheur de ceux qui n'en ont plus ; c'est la douce image de ceux qui sont morts ; c'est un lointain tout parsemé de fleurs et d'azur, un reflet de nos premières années, de nos premiers pas, de notre premier amour. Le souvenir, c'est un ange toujours beau, toujours jeune, aux ailes toujours ouvertes sur nous ; il nous suit pas à pas, purifie l'air que nous respirons et nous sourit chaque fois que nous portons nos regards en arrière.

JUIN

Ier.

Le principe qui fait aimer Dieu, c'est qu'Il est Dieu, mais la manière et la mesure de cet amour, c'est d'aimer Dieu sans mesure.

St BERNARD.

2.

La science qui concourt à la préservation directe de soi-même, en empêchant la perte de la santé, est d'une importance capitale. Aussi sommes-nous certains qu'un cours de physiologie suffisamment complet pour conduire à l'intelligence des vérités générales de cette science, et pour nous enseigner à en tenir compte dans la vie journalière, doit faire essentiellement partie d'une éducation rationnelle.

H. SPENCER.

3.

Il faut que la mère, au lieu d'écarter de ses entretiens avec sa fille le nom de l'amour comme s'il
n'existait pas, ou l'anathématiser comme s'il était le
génie du mal, le lui représente sous ses véritables
traits, c'est-à-dire hôte naturel des grandes âmes,
créateur de tout ce qui se fait peut-être de plus beau
dans le monde ! Les jeunes cœurs se perdent moins
par la passion que par ce qui lui ressemble. Si la jeune
fille sait que le cœur, qui veut être digne de recevoir
ce sentiment divin, doit se purifier comme un sanctuaire et s'agrandir comme un temple, alors cet idéal
sublime, gravé en elle, la dégoûtera, par sa seule
beauté, des vaines images qui le profanent ou le paro-
dient. On n'adore pas les idoles quand on connaît Dieu.

                                              Legouvé.

4.

La bonté s'ignore, là où elle existe, parce qu'elle ne
peut, quoi qu'elle fasse, satisfaire l'idéal infini qu'elle
porte en elle.

                                    Mme E. Raymond.

5.

Que l'homme trouve auprès de sa femme, cachés au
sein du foyer domestique, de sages conseils, de salu-

taires inspirations, qui le suivront silencieusement dans la vie publique, et qui concourront pour leur part à régler la parole de ses lèvres et le jugement de ses mains, par des mobiles supérieurs aux passions et aux entraînements du grand nombre. Qu'il y trouve enfin tout ce qui peut le rendre heureux au dedans, avec tout ce qui peut le rendre utile au dehors.

A. MONOD.

6.

Il faut que les femmes surtout ne regardent jamais l'art comme la vie même, mais comme un accident et une parure dans la vie ; parler quand elles ont quelque chose à dire, se taire quand elles l'ont dit ; sacrifier tout, même leur renommée, à leurs obligations de filles, d'épouses et de mères ; se dire sans cesse qu'au-dessus de la pensée il y a le cœur, au-dessus de la gloire le dévouement ; que savoir n'est rien, que briller n'est rien, et que toute la destinée d'une femme se résume dans un seul mot : aimer.

E. LEGOUVÉ.

7.

Les enfants oublient les recommandations et les règles de conduite ; il faut donc leur faire exécuter les actions indispensables jusqu'à ce qu'ils se soient formé des habitudes indépendantes de la mémoire.

LOCKE.

8.

Le strict nécessaire en fait de toilette, pour une femme, c'est la propreté, la netteté, l'élégance relative des vêtements qu'elle porte au logis, avec lesquels sa famille la voit à toute heure; son strict devoir, en fait de toilette, est d'offrir en elle un aspect toujours agréable, et la femme qui prendra sur le superflu, sur les robes de soie, les dentelles, pour fournir au nécessaire, c'est-à-dire à l'élégance relative des robes d'intérieur, sera infiniment plus respectable que celle dont les calculs s'exercent en sens inverse.

Mⁿᵒ E. RAYMOND.

9.

Rien n'est plus absurde que de détruire, de vouloir détruire dans les esprits les différences d'aptitude que Dieu même a créées.

A. COQUEREL.

10.

Le véritable amour est celui qui se réfléchit dans l'obéissance. L'amour séparé de l'obéissance ne réalise pas mieux la morale que l'obéissance séparée de l'amour.

A. VINET.

11.

Pour bien élever un enfant il faut beaucoup de fermeté revêtue de beaucoup de douceur; en un mot, il faut le conduire avec une main de fer couverte d'un gant de velours.

E.-R. SAINFOIN.

12.

Il faut surtout à la femme une retraite intérieure, ignorée de tous, sacrée pour elle-même, où elle puisse chaque fois qu'elle en sent le besoin se trouver seule avec Dieu, se recueillir, s'interroger, se juger, se vaincre et d'où elle sorte plus heureuse et plus forte après des prières, des luttes, des résolutions saintement prises que Dieu seul a connues.

A. COQUEREL.

13.

Espère, enfant, demain et puis demain encore,
Et puis toujours demain; croyons dans l'avenir.
Espère... et chaque fois que s'élève l'aurore,
Soyons là pour prier, comme Dieu pour bénir.

14.

Bienheureux sont ceux qui ont le cœur pur, car ils verront Dieu.

JÉSUS.

15.

La première, la plus élémentaire de toutes les grâces de la femme, c'est d'être femme.

A. Coquerel.

16.

Le bonheur est là où on le *trouve*, rarement où on le *cherche;* il dépend plus de nos dispositions à l'accueillir que de nos efforts pour l'atteindre.

Petit-Senn.

17.

Le travail veut qu'on lui appartienne, et qu'on l'avoue; sinon il ne livre pas ses bienfaits. Et, ce faisant, on n'est pas plus malheureux que les personnes qui ne sont point obligées de travailler, au contraire, ni moins digne d'estime, au contraire.

Mme E. Raymond.

18.

On ne sait pas assez combien la liberté est un sentiment éducateur et favorable à la raison; dès qu'un être jeune et droit se sent chargé de lui-même, cette responsabilité le remplit d'une salutaire terreur, et dans ce silence de toute voix étrangère, il interroge, il écoute, il juge la voix intérieure qui s'élève.

Legouvé.

19.

Je n'exige du poëte que d'être vrai et de ne pas intéresser au vice : c'est là toute sa moralité positive.

A. VINET.

20.

Il faut aimer les enfants pour les comprendre et on les devine bien moins par l'intelligence que par le cœur.

Mᵐᵉ NECKER DE SAUSSURE.

21.

Ici-bas tout le monde doit travailler et se rendre utile.

A. COQUEREL.

22.

En matière d'éducation, les châtiments sévères font peu de bien et peuvent faire beaucoup de mal ; et je crois que, toutes choses égales, d'ailleurs, les enfants qui ont été le plus châtiés ne font pas les meilleurs hommes.

JOHN LOCKE.

23.

Mais nous, marchons sans peur ! marchons avec courage,

Nous atteindrons bientôt le terme du voyage.
Que notre vie à nous soit le chemin du ciel!
Que chaque jour qui passe, en ce monde mortel,
Nous soit un pas de plus vers la gloire éternelle,
Et que chaque douleur, chaque perte cruelle,
Nous soit un poids de moins, par le Seigneur ôté,
Pour voler plus légers vers l'immortalité!

H. Durand.

24.

Pour chasser de sa souvenance
        L'ami secret,
On ressent bien de la souffrance
        Pour peu d'effet!
Une si douce fantaisie
        Toujours revient!
En pensant qu'il faut qu'on l'oublie,
        On s'en souvient.

Moncrif.

25.

L'instruction importe non pas tant comme quantité que comme qualité. Si l'on donne aux femmes une instruction qu'elles ne peuvent s'assimiler, que pour cette raison elles ne renouvellent et ne développent point, on atteint un résultat pareil à celui que l'on obtenait lorsque l'instruction féminine était seulement élémentaire. Plus encore que les hommes, les femmes ont besoin d'idéal. L'instruction matérialiste, qui détruit l'enthousiasme, qui bannit le sentiment et le remplace par l'utilité, est mortelle pour l'intelligence féminine. Nous voyons, d'une part, des intelligences féminines atrophiées parce que le développement leur a fait défaut, parce que la peur les a tenues à l'écart de toute lecture ; puis, d'autres intelligences également atrophiées, parce qu'on a voulu leur donner une instruction en désaccord avec leurs besoins. Autres causes, mais mêmes résultats.

Mme E. RAYMOND.

26.

> Un mot indiscret fit souvent
> Aller de grands projets au vent ;
> Aussi l'âme de toute affaire
> Fut toujours un profond secret :
> Le temps détruit ce qui s'est fait,
> La langue ce qui reste à faire.

27.

Lorsque notre bonheur nous vient de la vertu,
La gaieté vient bientôt de notre caractère.

FLORIAN.

28.

La société en général n'ignore pas seulement ce qui

concerne l'éducation du jugement, elle ignore aussi son ignorance.

FARADAY.

29.

Il se faut entr'aider, c'est la loi de nature.

LA FONTAINE.

30.

Que l'étude ne soit pour personne une affaire d'amour-propre; que le but n'en soit pas de briller et de se faire remarquer.

A. COQUEREL.

JUILLET

—

1er.

Inscris sur le sable les offenses que tu reçois, mais grave dans ton cœur les bienfaits dont tu es l'objet. PROVERBE ARABE.

2.

On connaît Dieu par la piété, seule modification de notre âme, par laquelle Il soit mis à notre portée et puisse se montrer à nous. JOUBERT.

3.

Avec un désir sincère de s'instruire, on apprend plus avec soi-même qu'avec les autres. A. VINET.

6.

4.

La parure peut être une école de morale; car si la jeune fille comprend vite que le meilleur moyen de plaire est une certaine simplicité dans la mise, une certaine grâce, une certaine harmonie, ne comprendra-t-elle pas qu'elle plaira plus sûrement aussi en introduisant les mêmes qualités dans le caractère? N'y a-t-il pas aussi un art de se parer à l'intérieur, et un goût qui consiste dans la simplicité, dans la pudeur et dans une harmonie générale, où l'on ne remarque rien qui brille en particulier, mais où tout à la fois est charme et suavité.

CH. ROZAN.

5.

Sois une lumière et ne cherche point à le paraître! Sois bon et ne demande jamais quel jugement on porte de ta bonté.

LAVATER.

6.

Il y a des jours où le ciel se voile, il n'en est pas moins le ciel, et l'on attend avec confiance le soleil du lendemain.

7.

Songe au passé quand tu consultes, au présent

quand tu jouis, à l'avenir dans tout ce que tu fais.

LA BRUYÈRE, JOUBERT.

8.

Le motif seul fait le mérite des actions des hommes et le désintéressement y met la perfection.

LA BRUYÈRE.

9.

L'homme n'arrive à faire tout ce qu'il peut qu'en aspirant même à ce qu'il ne peut pas, et l'idéal est une image, placée devant nous par la Providence, pour que nous le poursuivions toujours, que nous ne l'atteignions jamais, et que la poursuite de la perfection nous entraîne dans les champs sans limites de la perfectibilité.

LEGOUVÉ.

10.

Les nobles cœurs ont d'orgueilleux chagrins et d'humbles joies.

DANIEL STERN.

11.

On ne peut fuir la mort. Tôt ou tard, quoi qu'on fasse,
Tombe sur nous ce bras, toujours prêt à frapper.
Le plus sage est celui qui le regarde en face,
Sans le craindre et sans le braver.

LABOULAYE.

12.

L'anonyme double également le mérite d'une bonne
action et l'infamie d'une mauvaise.

PETIT-SENN.

13.

La jeune mère ne se doute pas de cette vérité que,
dans la chambre de la nourrice comme dans le monde,
la seule discipline salutaire c'est l'expérience des conséquences, bonnes ou mauvaises, agréables ou pénibles,
qui découlent naturellement de nos actes. La fonction
des parents est de veiller, comme ministres et inter-
prètes de la nature, à ce que leurs enfants éprouvent
les vraies conséquences de leur conduite — les réactions
naturelles ne les écartant pas, ne les augmentant
pas, ne leur substituant pas des conséquences arti-
ficielles.

H. SPENCER.

14.

La foi se contente des preuves que Dieu lui donne :
l'incrédulité n'en a jamais assez.

QUESNEL.

15.

Moins de luxe au dehors, afin d'avoir plus d'élégance
au logis, telle doit être la règle de conduite d'une

femme qui a le goût de la toilette dans la bonne acception de ces mots. Cette femme aura une toilette suivant les heures, et comme elle sera soigneuse, elle saura faire durer longtemps chacune de ces toilettes.

Mme E. RAYMOND.

16.

Pour qui est loin de son pays, les églises ont un attrait indicible; c'est la seule place où le voyageur ne se sente pas étranger.

LABOULAYE.

17.

La grâce est une qualité physique, un embellissement du corps; c'est pour cela qu'elle échappe à notre volonté. La bonne grâce est une qualité morale, un embellissement de l'âme, un des bons petits coins du cœur. C'est pour cela qu'il dépend de nous de la posséder et de la répandre.

CH. ROZAN.

18.

L'ordre! l'ordre! c'est seulement en s'en rendant esclave à toutes les heures de la vie que l'on peut espérer de vivre libre, de vaquer en paix à sa besogne, et de ne point dépenser ses heures à rétablir un équilibre toujours compromis ou rompu.

Mme E. RAYMOND.

19.

A quelque religion qu'on appartienne, on aime, on souffre, on est généreux ou perfide, bon ou méchant.

LABOULAYE.

20.

Il n'y a qu'un moyen d'enseigner l'honneur à un enfant, c'est de ne jamais le tromper, même dans les questions les moins importantes.

MARLITT.

21.

C'est par la culture de la conscience, par le sentiment religieux appliqué au développement de toutes les grandes facultés bien équilibrées, qu'on doit travailler à former les mères de famille futures, qu'on doit former celles qui, elles-mêmes plus tard, devront transmettre à d'autres l'instruction qu'elles auront reçue.

22.

Admettez comme règle générale : on ne fait jamais honneur à son esprit quand on fait tort à ses sentiments. Soyez bonnes d'abord ; vous serez ensuite tout le reste selon vos forces ou vos facultés ; vous serez bien ce que vous devez être, si l'édifice de vos qualités a pour base la bonté.

CH. ROZAN.

23.

La femme, plus encore que l'homme, ne peut, sans un immense préjudice pour elle-même, vivre sans Dieu.

A. COQUEREL.

24.

Travaillez, prenez de la peine,
C'est le fonds qui manque le moins.

LA FONTAINE.

25.

Il y a deux écueils à éviter dans l'éducation d'une femme : l'ignorance complète des modestes sciences, utiles au bien-être général, ou l'importance trop considérable accordée à ces modestes sciences.

Mᵐᵉ E. RAYMOND.

26.

Il n'y va pas de si peu d'être en contradiction avec le reste des hommes, c'est-à-dire pour chacun de nous, avec sa parenté, sa ville ou son pays. Cette opposition, surtout si elle est calme et persévérante, est ce que les hommes pardonnent le moins.

A. VINET.

27.

Celui qui a donné la lumière aux yeux de l'homme, des sons à son ouïe, des parfums à son odorat et des fruits à son goût, saura bien remplir un jour son cœur, que rien ne peut satisfaire ici-bas.

28.

Les langues étrangères et les talents ne sont pas des mérites personnels ; ils s'empruntent, ils s'acquièrent, ils s'achètent. Il n'en est pas ainsi des vertus domestiques et sociales, elles dépendent de notre nature, de notre volonté, de notre persévérance ; si nous ne prenons pas soin de les cultiver, de les grandir tous les jours, elles nous fuiront ou s'échapperont, et quand elles auront fait place à de mauvaises habitudes, à de vilains penchants, il ne sera plus temps de les faire revivre.

CH. ROZAN.

29.

La politesse n'est point contenue seulement dans quelques formules banales. Pour être *vraie*, la politesse s'alimente sans cesse du désir d'épargner toute peine comme tout ennui à nos semblables.

Mᵐᵉ E. RAYMOND.

30.

Pour les femmes surtout, la bienséance fait partie de l'honnêteté.

O. FEUILLET.

31.

La grande tâche de la femme, sa grande sainteté comme mère de famille, sœur, tante, institutrice, c'est l'immense bien qu'elle peut faire au monde par le charme qu'elle exerce sur l'enfance, par l'influence qu'elle sait prendre sur les malades et sur tout ce qui souffre, sur les pauvres.

A. COQUEREL.

AOUT

1ᵉʳ.

On ne comprend la terre que lorsqu'on à connu le ciel. Sans le monde religieux, le monde sensible offre une énigme désolante.

JOUBERT.

2.

Le cœur de la femme est le plus riche trésor de la terre : mais s'il n'est le trésor de Dieu, il devient le trésor du diable.

A. MONOD.

3.

La première maxime de la délicatesse d'âme et de conscience est celle-ci : savoir toujours se priver de ce que l'on ne peut acquérir, de ce dont l'on ne peut jouir sans frustrer autrui ; en un mot, sans le payer à sa juste valeur.

Mᵐᵉ E. RAYMOND.

4.

A côté du courage qui agit, il y a le courage qui accepte. Plus humble, plus voilé que l'autre, ce dernier est peut-être le plus réel. C'est en tout cas celui que doit avoir la femme, pour être à la hauteur de sa mission et bien remplir sa tâche.

Mgr LANDRIOT.

5.

Que ton regard commande le respect, que ta parole prenne les cœurs.

LABOULAYE.

6.

Il n'y a pour l'homme qu'un vrai malheur, qui est de se trouver en faute, et d'avoir quelque chose à se reprocher.

LA BRUYÈRE.

7.

Tant qu'à ce corps fragile un souffle nous attache,
    Tel est à tous notre malheur,
Que le plus innocent ne se peut voir sans tache,
    Ni le plus content sans douleur.

8.

Qu'est-ce qu'aimer ? c'est savoir se donner.

LOBSTEIN.

9.

Oserai-je le dire ! On connaît Dieu facilement, pourvu qu'on ne se contraigne pas à le définir.

JOUBERT.

10.

En exhortant les jeunes filles à la douceur, à la simplicité, à la modestie, à la bonne grâce, on leur signale quatre des principaux moyens dont elles disposent pour être jolies : ce sont les auxiliaires les plus vrais, les plus puissants, les plus solides de la beauté réelle, de cette beauté qui part de l'âme pour se répandre sur le visage.

CH. ROZAN.

11.

Le sujet qui comprend tous les autres sujets, et qui doit par conséquent former le point culminant de l'éducation, c'est la théorie et la pratique de l'éducation.

H. SPENCER.

12.

Ne te romps pas la tête, mais brise ta volonté.

CLAUDIUS.

13.

Le Calvaire est ici-bas la place du chrétien, et s'il monte sur le Thabor, ce n'est que pour un instant.

14.

Tout est perdu si la femme s'entête du bel esprit et si elle se dégoûte des soins domestiques.

FÉNELON.

15.

Il y a quelque chose de plus fort que toutes les colères et toutes les violences d'un homme, c'est la douceur d'une honnête femme.

CH. ROZAN.

16.

La religion seule peut former des femmes fortes dans toutes les circonstances de la vie, des femmes vraiment supérieures, qui dominent les accidents, les malheurs de l'existence, les répugnances de la nature, les défauts de caractères, et ces froissements continuels, où l'âme est comme broyée au milieu de lourdes meules, ou, ce qui n'est pas moins douloureux, lacérée entre mille coups d'épingle. Une piété profonde et sérieuse pourra seule développer chez les femmes ce tempérament moral qui résiste aux difficultés, et les rendre semblables aux oiseaux, pour s'élever au-dessus des nuages et des tempêtes, et mieux accomplir leurs devoirs dans la sérénité d'une paix toute céleste.

Mgr LANDRIOT.

17.

Savoir souffrir c'est beau, mais cé n'est que beau;

7.

souffrir sans orgueil c'est plus que beau, c'est chrétien.

BUNGENER.

18.

Nous croyons toujours que Dieu est semblable à
nous-mêmes ; les indulgents l'annoncent indulgent ;
les haineux le prêchent terrible.

JOUBERT.

19.

L'âme est comme l'ambre ; plus elle s'échauffe, plus
elle épand ses parfums.

20.

La plus grande influence qui existe sur la terre est
cachée dans la main de la femme.

A. MONOD.

21.

La politesse n'est pas un mensonge ; c'est la mon-
naie de la bonté, c'est l'une des manifestations de la
charité, qui veut que nous aimions notre prochain
comme nous-mêmes, et que nous lui épargnions tout
ce qui nous serait pénible à nous-mêmes.

Mme E. RAYMOND.

22.

Il y a des enfants dont les facultés sont à fleur de
terre, tandis qu'il y en a d'autres chez qui il faut

fouiller à treize cents mètres pour faire jaillir la source.

LEGOUVÉ.

23.

Les domestiques sont comme les enfants : ce qui est juste s'impose à eux, même lorsqu'ils s'en trouvent gênés ; et ils sont bien près d'aimer ceux qu'ils respectent.

Mᵐᵉ E. RAYMOND.

24.

Il faut une passion pour triompher de nos passions ; cette passion nouvelle est sainte, c'est l'amour de Dieu.

25.

Le devoir est de toutes les heures, de tous les instants ; s'il s'interrompt, il cesse d'exister.

CH. ROZAN.

26.

Souvent il est plus facile d'accepter le malheur que d'en supporter la crainte.

LABOULAYE.

27.

Le fait le plus saillant du caractère féminin est un besoin impérieux d'expansion.

A. PUÉJAC.

28.

Une femme n'a pas seulement le devoir de diriger les rouages de sa maison à la satisfaction générale, elle doit s'appliquer à être pour son mari une compagne intelligente, et à lui offrir une compagnie agréable.

Mᵐᵉ E. RAYMOND.

29.

Heureux qui n'a de cœur que pour Dieu et que Dieu dans son cœur.

QUESNEL.

30.

Ce qu'il nous faut à tous, à ceux qui enseignent, à ceux qui administrent, à ceux qui dirigent l'opinion publique, c'est la passion des choses divines; et l'on ne remarque tant de désordre dans l'Eglise que parce qu'ils sont trop rares les hommes qui peuvent s'écrier : « Seigneur, tu sais que je t'aime ! »

COLANI.

31.

Mettre à profit chaque instant et travailler à la hâte, ce sont deux choses fort différentes ; la seconde n'est pas impliquée dans la première, et c'est précisément pour ne rien faire à la hâte qu'on doit être avare du temps.

A. VINET.

SEPTEMBRE

—

1ᵉʳ.

La vie n'a du prix, ni des charmes que par la contemplation de l'éternelle beauté.

PLATON.

2.

Toute maîtresse d'école peut faire épeler des petites filles, le premier maître venu peut dresser des garçons à répéter la table de multiplication ; mais pour apprendre à épeler comme il faut, en faisant que les lettres parlent à l'esprit plus qu'aux oreilles, pour instruire les enfants dans la science des combinaisons numériques par la synthèse expérimentale, il faut un peu d'intelligence ; et pour poursuivre l'application d'un pareil système rationnel pendant le cours entier des études, il faut un degré de jugement, d'invention, de sympathie, de puissance, d'analyse, qu'on n'y apportera jamais, tant que la carrière de l'enseignement ne sera pas tenue en plus haute estime. L'enseignement vraiment rationnel ne peut être donné que par un vrai philosophe.

H. SPENCER.

3.

Nous pardonnons souvent à ceux qui nous ennuient, mais nous ne pouvons pardonner à ceux que nous ennuyons.

LA ROCHEFOUCAULD.

4.

Une journée d'oisiveté fatigue comme une nuit d'insomnie.

PETIT-SENN.

5.

Placez l'instruction publique sous la sauvegarde de la famille, présidée par la mère, c'est le plus sûr moyen d'en assurer les avantages à vos fils, tout en leur en épargnant les périls.

A. MONOD.

6.

Trop de clairvoyance est incompatible avec une grande bonté comme avec une vive et profonde amitié.

L'amitié a son bandeau, et quand, par exception, la nature l'a douée d'une grosse dose de pénétration, cette amitié noue elle-même sur ses yeux un bandeau qu'elle se garde d'écarter, tant elle craindrait de voir les défauts de ceux auxquels elle s'est vouée.

Mᵐᵉ E. RAYMOND.

7.

Tout en faisant à l'imagination sa juste part, on peut la contenir, la cultiver, l'épurer, la diriger avec un goût élevé et sûr, mais l'essentiel c'est de créer une conscience forte, c'est de former une volonté droite et énergique, un cœur qui sache vouloir le bien, une raison et une intelligence capables de voir le droit chemin et d'y marcher avec résolution.

8.

Elever un enfant est un soin de tous les moments et qui veut que tout lui soit subordonné, emploi de la journée, plaisirs, relations.

9.

Dieu est tellement grand et tellement vaste que pour le comprendre il faut le diviser.

JOUBERT.

10.

S'occuper, c'est savoir jouir,
L'oisiveté pèse et tourmente.
L'âme est un feu qu'il faut nourrir,
Et qui s'éteint s'il ne s'augmente.

11.

Une femme qui aime la paix remplira sa famille de satisfaction et de bonheur,

CONFUCIUS.

12.

Il y a tant de choses bonnes et utiles, qui méritent nos soins, notre attention, qu'on ne sait vraiment à quel sentiment obéissent les gens si fort préoccupés des affaires d'autrui.

CH. ROZAN.

13.

Lorsque Dieu nous impose une charge, Il place sa main dessous afin de nous soulager.

ADAM.

14.

Extrême sévérité pour soi-même, extrême réserve à juger le prochain : voilà ce que nous devons enseigner.

C. DE BARRAU.

15.

Il faut donner à la jeune fille ce qui nourrit, forti-
fie, soutient; il ne faut rien lui ôter de ce qui est ai-
mable, charmant, de ce que Dieu a destiné à l'être.

A. Coquerel.

16.

Le sage a honte de ses défauts, mais il n'a pas honte
de s'en corriger.

Confucius.

17.

Se résigner, c'est mettre Dieu entre la douleur et
soi.

Saint-Ange,

18.

Si Dieu veut m'employer à quelque chose dans son
règne, je défie le monde entier de l'en empêcher. Mais
si Dieu ne le permet pas, je sais cependant qu'Il
ne m'oublie pas : Il prévoit peut-être que tout ce que
je puis faire, c'est de veiller sur moi-même et de travailler à mon propre salut.

Zinzendorf.

19.

Ce qu'on nomme le réalisme n'est pas le vrai, il est
l'exagération du vrai; il en est l'afféterie.

E. de Girardin.

8

20.

Il n'y a pas de pire mépris de soi-même, de lâcheté morale plus grande, que de dire *oui* au premier venu, par la misérable peur de rester vieille fille.

A. COQUEREL.

21.

L'esprit peut toujours s'étendre, le cœur toujours s'améliorer.

Mme NECKER DE SAUSSURE.

22.

La véritable valeur du présent n'est point dans son prix d'achat, mais uniquement dans cette pensée du donataire : Je vous ai préféré à moi, et j'éprouve à vous causer un mince plaisir plus de satisfaction qu'à m'accorder une jouissance de vanité, de gourmandise ou autre.

Mme E. RAYMOND.

23.

Nos jugements sur les hommes dévoilent plus sûrement notre âme que la leur.

PETIT-SENN.

24.

Il vaut mieux n'être jamais que charmante, mais de

mille façons, que d'être toujours superbe de la même manière.

Mᵐᵉ DE GIRARDIN.

25.

Savoir écouter est une preuve de bon sens, quelquefois de patience et de charité.

CH. ROZAN.

26.

Il faut que la jeune femme soit à la hauteur de son mari, qu'il y ait entre eux cet échange si beau, si précieux d'idées, cette communication habituelle de sentiments, d'émotions, d'espérances et de craintes, de douleurs et de joies; il faut que son mari et elle s'enseignent réciproquement le vrai ; que tous les jours ils partagent leurs impressions et leurs jugements.

A. COQUEREL.

27,

Le goût de la toilette, inspiré principalement par le désir et le besoin d'offrir en soi un aspect toujours agréable à ceux qui vivent autour de nous, il ne sera pas nécessaire d'accumuler les démonstrations pour prouver qu'ainsi ressenti, ainsi appliqué, ce goût est pour une femme plus qu'une qualité, presque une vertu.

Mᵐᵉ E. RAYMOND.

28.

Les longues veillées de nuit entraînent nécessairement des fatigues qui portent sur le cerveau et sur les appareils digestif et respiratoire. Or, les fatigues de cette nature, bien loin de favoriser le sommeil, le rendent incomplet et pénible. De là, en grande partie cet état valétudinaire que l'on rencontre si habituellement chez les femmes de nos villes : les soirées et les bals ruinent d'avance leur santé, et c'est souvent sur la jeunesse même, mais plus souvent sur les années de l'âge mûr et de la vieillesse que les sottes et funestes dissipations du monde laissent leur triste et fatale empreinte.

DESDOUIT.

29.

Qu'on ne croie pas que l'accomplissement des grands devoirs confère le droit de mépriser les petits devoirs.

Mme E. RAYMOND..

30.

L'homme aime la femme plus pour lui que pour elle ; la femme aime l'homme moins pour elle que pour lui.

A. MONOD.

OCTOBRE

—

1ᵉʳ.

Le travail du matin vaut de l'or.

PROVERBE HOLLANDAIS.

2.

Il est d'un immense intérêt d'avoir à côté de lui les sympathies, les conseils, les encouragements d'une emme intelligente et sérieuse, incapable de donner un avis mesquin ou intéressé.

A. COQUEREL.

3.

A prendre la modestie au mot, elle est tout bonnement la modération, la retenue, le rien de trop ; c'est pourquoi elle va toujours si bien à la jeunesse.

CH. ROZAN.

8.

4.

La bonté d'autrui me fait autant de plaisir que la mienne.

JOUBERT.

5.

Je voudrais faire passer le sens exquis dans le sens commun, ou rendre commun le sens exquis.

JOUBERT.

6.

Il y a beaucoup de femmes qui donnent à leur famille la prose du devoir, sans s'appliquer à y ajouter la poésie du devoir. Sans celle-ci pourtant, le devoir est grognon, hargneux, brutal, triste, désagréable même et sordide, et loin d'obtenir la vénération et l'adoration auxquelles il prétend, il atteint un but tout à fait opposé, qui est celui de faire prendre le devoir en déplaisance.

Mme E. RAYMOND.

7.

Que chaque femme se fasse messagère et instrument de Dieu.

LEGOUVÉ.

8.

Il faudrait que l'enfant fût conduit à faire lui-même

les recherches, à tirer lui-même les conséquences de ses découvertes. Il faudrait lui dire le moins possible, et lui faire trouver le plus possible. L'humanité n'a progressé qu'en faisant son éducation elle-même ; le meilleur moyen pour l'individu d'arriver aux meilleurs résultats possibles est de suivre cet exemple ; c'e_t ce dont nous fournissent fréquemment la preuve es éclatants succès des hommes qui ont fait seuls eur chemin. Le besoin qu'a l'enfant qu'on lui dise tout vient de notre stupidité, non de la sienne.

H. Spencer.

9.

La déférence pour l'âge, le mérite et la dignité, est une partie du devoir ; pour les égaux, les étrangers et les inconnus, elle est une partie de la politesse et de la vraie civilité.

Joubert.

10.

Quand on enseigne les enfants comme on doit le faire, ils ne sont pas moins heureux pendant les heures de classe que pendant les heures de jeu ; rarement l'exercice bien dirigé des énergies mentales est accompagné chez eux de moins de jouissance que l'exercice de leurs énergies physiques, et quelquefois elle en produit davantage.

Professeur Pillan.

11.

La bonté, la douceur et l'humilité surtout, voilà les gardiens du foyer domestique, les anges protecteurs des jeunes filles.

12.

Ce que je souhaite aux femmes, c'est une foi intelligente, raisonnée, une foi qui se comprenne elle-même et qui sache d'où elle vient ; je voudrais qu'elles eussent la direction de leur cœur et de leur intelligence, qu'elles sussent étudier, réfléchir, chercher et ne pas tout adopter au hasard, sur la foi de leur confesseur ou de leur directeur.

A. COQUEREL.

13.

Quand on est bien doué et bien élevé, on voit chez ses semblables seulement ce qui est bon à voir, ce qui leur fait honneur, ce qui les signale à la sympathie ou bien à l'estime d'autrui.

Mᵐᵉ E. RAYMOND.

14.

Ah! prends, prends sans tristesse,
O mon âme! ta croix
Et bénis la sagesse
Qui mesure son poids.

Ton Dieu, ton Dieu fidèle
Te tient sous son regard.
A souffrir, s'Il t'appelle,
Ah ! sache aimer ta part.

MALAN.

15.

Ne nous lassons pas de répéter ces mots sacrés : union, oubli, pardon, concorde, harmonie. Faisons la paix sous toutes les formes, car toutes les formes sont bonnes.

VICTOR HUGO.

16.

La mère éducatrice soutiendra l'âge mûr de son fils comme elle a épuré sa jeunesse. Quand les âpres soucis de la lutte l'accableront, c'est dans les mêmes bras, où toutes ses douleurs enfantines ont trouvé refuge, qu'il viendra chercher quelque chose du calme et des bonnes résolutions de son enfance.

LEGOUVÉ.

17.

Les bonnes lectures sont l'unique défense de la jeune fille contre les vaines imaginations qui la sollicitent.

G. SAND.

18.

Platon a dit : Il est honteux pour la maîtresse de la

maison de se faire éveiller par ses servantes, et de n'être pas la première à les éveiller.

Mgr Landriot y ajoute : Le soleil ne se fait pas réveiller par ses satellites, c'est lui-même qui donne le signal : qu'il en soit ainsi de la femme forte !

19.

L'amour pour Dieu est la meilleure forme de l'amour pour soi-même.

ABBADIE.

20.

Quand mes amis sont borgnes, je les regarde de profil.

JOUBERT.

21.

Tout ce qui est très spirituel, et où l'âme a vraiment part, ramène à Dieu, à la piété. L'âme ne peut se mouvoir, s'éveiller, ouvrir les yeux, sans sentir Dieu. On sent Dieu avec l'âme, comme on sent l'air avec le corps.

JOUBERT.

22.

La douceur sied bien à tout le monde, aux hommes comme aux femmes, aux jeunes comme aux vieux; mais elle a chez une jeune fille la puissance d'une exquise parure : c'est l'aimant qui attire les cœurs et qui seul peut les retenir après les avoir attirés.

CH. ROZAN.

23.

Sérénité ! mot charmant qui ne s'applique qu'au ciel et à l'âme, et semble établir des rapports entre eux : état d'une existence où règne l'harmonie, où le cœur est en paix avec lui-même et l'univers.

Mᵐᵉ NECKER DE SAUSSURE.

24.

Il faut porter vivement gravée dans son cœur cette conviction inébranlable, qu'il n'y a point de malheurs absolus avec la famille, et que sans elle il n'y a pas de biens réels.

LEGOUVÉ.

25.

Un sacrifice, quel qu'il soit, est plus beau, plus difficile que tous les élans de l'âme et de la pensée. L'imagination exaltée peut produire des miracles du génie, mais ce n'est qu'en se dévouant à son opinion ou à ses sentiments qu'on est vraiment vertueux ; c'est alors seulement qu'une puissance céleste subjugue en nous l'homme naturel.

Mᵐᵉ DE STAEL.

26.

Le secours que vous devez avant tout à ce petit enfant, c'est l'éducation, cet enfantement de l'esprit, qui suit de droit celui du corps, et que nul ne saurait vous disputer.

A. Monod.

27.

Une femme peut avoir de la raison sans cesser d'avoir de la grâce, elle peut avoir l'esprit sérieux, tout en ayant le caractère gai: et l'on peut affirmer qu'il n'y a de sécurité qu'avec les femmes dont on peut estimer à la fois le caractère et l'intelligence.

Mme E. Raymond.

28.

Tu naquis pour servir et servir fut ta gloire.
Servir est à jamais le sceau de tes enfants:
Qui fait peu, t'aime peu, qui se borne à te croire,
Ne te croit point encore, ô Sauveur des croyants.

Mourut-il avec Christ, au rocher du Calvaire,
L'amour pieux et tendre, asile du malheur?
Non, l'*amour* y naquit, et dès lors sur la terre,
Comme on cherche un trésor *il* cherche la douleur.

A. Vinet.

29.

Dans mes habitations, je veux qu'il se mêle toujours beaucoup de ciel et peu de terre. Mon nid sera d'oiseau, car mes pensées et mes paroles ont des ailes.

Joubert.

3o.

Ce n'est pas seulement dans les détails que l'éducation doit procéder du simple au composé, c'est aussi
dans l'ensemble. Le développement de l'esprit, comme
tous les autres développements, est un progrès de l'in-
défini au défini.

H. SPENCER.

3i.

S'oublier ! grand et rare talent: en poésie, le secret
du génie ; en morale, celui de la charité.

A. VINET.

NOVEMBRE

—

1ᵉʳ.

La fleur et la jeunesse ne sont belles que parce qu'elles sont elles-mêmes et rien de plus ; leur mérite est tout entier dans leur éclat, leur fraîcheur, leur vérité.

CH. ROZAN.

2.

Il faut que l'homme entre avec la matière dans une lutte acharnée, s'il veut la dominer et l'asservir à son usage, au lieu d'être dominé par elle et d'en devenir le fragile jouet.

P. DE ROUVILLE.

3.

Il faut que la femme cède en résistant et qu'elle résiste en pliant.

Mgr LANDRIOT.

4.

Pour que l'homme, dans l'éducation de ses enfants, cherche un guide dans la mère, il faut avoir cherché dans la fiancée une amante; il faut respecter dans l'épouse une égale, il faut voir dans le mariage une alliance pour le bien; et, hélas! qu'est-ce que les unions du monde ont généralement de commun avec de semblables rêves!

LEGOUVÉ.

5.

Le premier soin des femmes qui voudront sincèrement rendre la vie en commun douce et facile pour leur mari et leur famille, devra être d'étudier leurs préférences, et d'organiser leurs propres habitudes de façon à ne jamais contrarier ni heurter celles d'autrui.

Mme E. RAYMOND.

6.

Ce qui est nécessaire n'est pas d'être dans l'état le plus parfait, mais d'être fidèle à Dieu dans celui où Il nous appelle.

QUESNEL.

7.

Bien élever un enfant n'est pas une chose facile et simple, mais est, au contraire, extrêmement difficile et complexe; c'est la plus rude tâche de la vie adulte. Il faut donc qu'on fasse quelques études, qu'on ait un peu d'intelligence, et surtout un peu d'empire sur so même.

H. SPENCER.

8.

Quelque grand que soit l'avantage
De jouir d'un riche héritage
Venant à nous de père en fils ;
Aux jeunes gens, pour l'ordinaire,
L'industrie et le savoir-faire
Valent mieux que des biens transmis.

9.

Une légère apparence de négligence, combinée avec des soins réels et une surveillance incessante, a souvent fait des miracles dans l'œuvre de l'éducation.

Mme BEECHER STOWE.

10.

Les physionomies parlent aux enfants quand ils ne comprennent pas encore les mots. En entourant les enfants de visages riants, d'expressions de douceur et de bienveillance, on leur communique bientôt des sentiments affectueux.

Mme NECKER DE SAUSSURE.

11.

Nous verrons le temps qui nous presse
Semer les rides sur nos fronts ;
Quoi qu'il nous reste de jeunesse,
Oui, mes amis, nous vieillirons.
Mais à chaque pas voir renaître
Plus de fleurs qu'on ne peut cueillir,
Faire un bon emploi de son être,
Mes amis, ce n'est pas vieillir.

12.

Pour vivre en paix avec elles-mêmes, les femmes ont le besoin impérieux d'un idéal plus ou moins élevé. Que, pour la plupart d'entre elles, cet idéal se résume en ce devoir : faire de la génération prochaine des hommes instruits, équitables, mieux que cela, bons et généreux.

(A peu près) MARLITT.

9.

13.

La vie commune est une vie de lutte, il ne faut s'y présenter qu'armé. Or, qui peut armer l'enfant? La mère seule.

LEGOUVÉ.

14.

Si la lumière est inaccessible à l'orgueil, elle ne l'est pas à la pureté du cœur.

Mme E. RAYMOND.

15.

La seule perfection que les hommes peuvent avoir, c'est de connaître leur imperfection.

St JÉROME.

16.

La vérité est comme la perle; celui-là seul la possède qui a plongé jusqu'au fond de la vie et qui s'est ensanglanté les mains aux écueils du temps.

17.

La douceur de la femme n'est pas une pure apparence, une qualité négative qui témoigne uniquement de la mollesse de ses facultés. Bien au contraire, la douceur chez la femme est active et opiniâtre; elle est l'indice de sa valeur réelle, le reflet de la bonté de son cœur.

CH. ROZAN.

18,

Comment établir l'association éternelle de deux êtres sur un autre sentiment que l'amour? L'amour honnête, honorable, solide, l'amour seul peut soutenir la femme dans cette noble carrière de devoirs et de douleurs ; lui seul, précepteur sublime, lui donne la force qui sait souffrir et la force qui sait soulager.

LEGOUVÉ.

19.

C'est par l'effort et le concours de tous qu'il faut arriver à l'éducation de tous.

LABOULAYE.

20.

Il faut que le mari et la femme voient de la même hauteur, mais avec des yeux qui ne peuvent pas être les mêmes, chacun ayant son tour d'esprit, chacun sa manière de sentir, de saisir et de comprendre, chacun apportant son contingent utile de lumières, son tribut d'observation et de vérité.

A. COQUEREL.

21.

Quel supplice! n'avoir au monde qu'un coin de terre

auque—on tienne, et en être chassé par l'injustice
des siens!

LABOULAYE.

22.

Des jeunes filles peuvent être enseignées par des
hommes, et même, s'il s'agit d'une instruction supérieure, cela est plus rationnel sous tous les rapports,
mais tout cet enseignement doit être enveloppé, pénétré, et à certains égards dominé par une influence maternelle.

A. VINET.

23.

C'est un rude métier que de vivre, on y est toujours
apprenti sans pouvoir devenir maître.

DICTON ALLEMAND.

24.

Dieu a placé de bien rudes épreuves sur cette terre,
mais il a créé le travail; tout est compensé. Les larmes les plus amères tarissent grâce à lui; consolateur
sérieux, il promet toujours moins qu'il ne donne; plaisir sans pareil, il est encore le sel des autres plaisirs.
Tout vous abandonne, la gaieté, l'esprit, l'amour; lui,
il est toujours là; et les profondes jouissances qu'il
vous procure ont toute la vivacité des enivrements de
la passion avec tout le calme des plaisirs de la conscience.

LEGOUVÉ.

25.

Quelle que soit la destinée qui attende les femmes, la vertu dont elles auront le plus grand besoin est la résignation.

CH. ROZAN.

26.

Le moyen le plus sûr de plaire est l'oubli constant et presque total de soi-même, pour ne s'occuper que des autres.

27.

Le goût de la toilette, que les moralistes à courtes vues reprochent aux femmes, doit être au contraire classé parmi leurs qualités. Au moins, quand ce goût est contenu dans sa juste mesure, il émane d'un sentiment nullement égoïste, presque dévoué et à coup sûr généreux.

Mme E. RAYMOND.

28.

Le plus grand secret pour le bonheur, c'est d'être bien avec soi. Naturellement, tous les accidents fâcheux qui viennent du dehors, nous rejettent vers nous-mêmes, et il est bon d'y avoir une retraite agréable ; mais elle ne peut l'être, si elle n'y a été préparée par les mains de la vertu.

29.

Il importe de bien séparer deux choses fort dissem-
blables et que l'on confond toujours : l'autorité et le
pouvoir. L'autorité est chose morale, c'est sur les âmes
qu'elle doit régner.

LEGOUVÉ.

30.

La raison n'est agréable, c'est-à-dire bien agréée,
qu'à la condition de n'être pas maussade. Les meil-
leures leçons seront toujours données par ceux qui,
pour mieux convaincre, auront commencé par plaire
et se faire aimer.

Nous pensons plus volontiers et plus longtemps à ce
que nous a dit celui dont le cœur était ouvert et la
bouche souriante.

CH. ROZAN.

DÉCEMBRE

1ᵉʳ.

Il est doux de n'avoir affaire qu'à l'éducation qui développe ; celle qui réprime vient toujours trop tôt pour la mère et souvent trop tard pour l'enfant.

Mᵐᵉ NECKER DE SAUSSURE.

2.

Le bonheur ici-bas n'existe que dans l'anéantissement de nos passions, dans l'extinction de nos mauvais penchants et dans l'accomplissement de nos devoirs envers Dieu.

3.

De la femme de ménage dépendent la prospérité intérieure, la santé des enfants, le bien-être du mari. Elle s'occupe du beau comme du bon, car l'arrangement de sa demeure est comme une œuvre d'art, qu'elle crée et renouvelle chaque jour. La bonne femme de ménage a besoin de toutes les qualités féminines, l'ordre, la finesse, la bonté, la vigilance, la douceur. Elle répare les fortunes ébranlées, elle sait transformer l'aisance en richesse, le strict nécessaire en aisance. Elle gouverne enfin, elle gouverne pour sauver, et son empire est plus réel que celui des ministres et des rois.

Legouvé.

4.

La force (morale) est une énergie d'âme qui nous fait supporter avec calme les ennuis et les maux de la vie, qui nous donne le courage de poursuivre nos desseins avec une inébranlable fermeté, et nous conserve une vigueur d'action que les obstacles humains ne sauraient arrêter.

Mgr Landriot.

5.

Le délai est un voleur qui s'enfuit avec ce qu'on lui a confié.

Kant.

6.

La force que déploient certaines natures est souvent en raison des épreuves au milieu desquelles elles se forment.

E. RAMBERT.

7.

Le but de la vie n'est pas le bonheur, mais le perfectionnement.

Mme DE STAEL.

8.

Résistons aux doctrines qui tendent à supprimer partout le devoir.

Mme E. RAYMOND.

9.

Dieu n'a pas attaché le bonheur à la richesse, mais à la paix d'une bonne conscience et à l'affection mutuelle.

LABOULAYE.

10.

Niera-t-on qu'une jeune fille ait à peine assez de toute sa jeunesse, et une femme de toute sa vie, l'une pour se préparer aux fonctions d'éducatrice, l'autre pour les remplir?

LEGOUVÉ.

10

11.

Vivre, c'est faire une œuvre qui dure, c'est rassembler autre chose que de vains souvenirs, c'est convertir tout son présent en avenir, c'est préparer la mort, c'est la faire d'avance triomphante, glorieuse, pleine d'immortalité.

A. VINET.

12.

Aimons et servons sans mesure Celui qui se donna sans mesure.

QUESNEL.

13.

Laissez aux hommes les armes offensantes ou meurtrières, laissez aux sauvages les traits empoisonnés. Rien de ce qui est violent dans l'expression, dans le geste, dans la pensée n'appartient à l'arsenal de la femme. La force des femmes est dans leur douceur.

CH. ROZAN.

14.

Calme ! grand mot en éducation ! mot qu'ignorent les mères ! Mais, en revanche, elles ont le feu sacré. Le professeur comme maître, la mère comme associée, comme répétitrice, comme surveillante, voilà l'alliance féconde et complète.

LEGOUVÉ.

15.

Plus le corps est faible, plus il commande ; plus il est fort, plus il obéit.

J.-J. ROUSSEAU.

16.

Il faut nourrir les filles de solides pensées, et les rendre capables des soins pratiques de l'intérieur, sans leur rien faire perdre de la fraîcheur de l'imagination. La religion et la poésie tiennent l'âme ouverte et tournée vers le ciel. Pressez autour des racines de la plante la terre nourricière, mais n'en laissez rien tomber dans le calice de la fleur.

JEAN-PAUL RICHTER.

17.

Par l'amour maternel, l'animal touche presque à la nature humaine, et la nature humaine s'élève jusqu'à la nature divine !

LEGOUVÉ.

18.

On n'a rien à craindre quand on a la pauvreté pour bagage, la vieillesse pour escorte et Dieu pour compagnon.

LABOULAYE.

19.

Avoir tout craint, tout espéré, tout souffert ensemble, c'est avoir mis plus de pensées et plus de vie en commun. Les larmes versées ensemble et les unes sur les autres sont le ciment des cœurs. Les mêmes souffrances unissent mille fois plus que les mêmes joies.

LAMARTINE.

20.

A vous, riches, à vous. Interrompez vos danses,
Vos fêtes, vos concerts. Et songez aux souffrances
Des pauvres sans abri, sans vêtements, sans feu.
Heureux, empressez-vous, soulagez leurs misères ;
Le soir ils mêleront vos noms à leurs prières —
Et vous avez besoin des leurs auprès de Dieu.

21.

La chaîne retient l'esclave, la loi le citoyen, l'amour l'enfant de Dieu.

HARNISCH.

22.

Pour l'enfant, la première condition de santé, de travail et d'éducation, c'est l'ordre, c'est-à-dire le développement calme et continu d'une seule pensée directrice.

LEGOUVÉ.

23.

Plus nous développons notre cœur, plus il s'agrandit ; plus nous aimons, plus nous nous dévouons,

plus nous sommes capables d'amour et de dévouement.

LABOULAYE.

24.

On n'est poli chez soi qu'à la condition de n'être
jamais satisfait de ce que l'on fait pour ses hôtes, et
l'on n'est poli chez les autres qu'à la condition d'être
toujours satisfait de ce qu'ils font pour nous.

Mme E. RAYMOND.

25.

Si tu es une rose de Christ, sache que ta vie doit être
parmi les épines. Veille seulement à ne point devenir
épine toi-même par ton impatience, par ton arrogance
ou par ton orgueil secret.

LUTHER.

26.

La modestie, comme la simplicité, a le double mérite pour les femmes d'augmenter la beauté des unes,
de voiler la laideur des autres.

CH. ROZAN.

27.

Vivre pour un autre, se témoigner par un autre,
disparaître dans une gloire ou une vertu dont on est le
principe, montrer les bienfaits et cacher le bienfaiteur,

apprendre pour qu'un autre sache, penser pour qu'un autre parle, chercher la lumière pour qu'un autre brille, il n'y a pas de plus belle destinée pour la femme ; car tout cela signifie se dévouer. Or, quelle plus noble profession que le dévouement? Quel emploi de la vie mieux approprié à toutes les qualités de la femme ? Cette demi-ombre convient à sa réserve, cette intermittence d'action à sa faiblesse physique, ces élans momentanés à son entraînement, cette vigilance à sa finesse, et surtout cette vie de consolatrice à son âme l

LEGOUVÉ.

28.

Il y a dans l'âme humaine des trésors intimes que la souffrance seule peut mettre au jour, de même qu'il y a des plantes comme le myrte, dont les feuilles révèlent un parfum exquis, qui ne s'exhale que lorsqu'on les a froissées.

29.

Les femmes qui ont l'intuition du rôle que la nature leur impose, et en dehors duquel il n'y a point de bonheur, ni même de satisfaction à espérer, s'efforcent d'acquérir tous les talents qui pourront apporter quelque agrément au foyer de la famille.

Mme E. RAYMOND.

30.

Faisons dans le temps ce que Dieu y demande de nous, et abandonnons-nous à Lui pour les suites.

QUESNEL.

31.

Adieu, mais non, ce mot d'une douleur amère
Exprime trop souvent un sombre désespoir.
Et puisque notre sort est dans la main d'un Père,
Et que l'on aime au ciel bien mieux que sur la terre,
Jamais, jamais Adieu, mais toujours au Revoir !

CHAPITRE Ier

A TOUTES MES SŒURS.

« Or, il n'y a presque plus de femmes, et bientôt il
n'y en aura plus. »

Les Femmes et la fin du monde.

En sommes-nous là, mes sœurs ? Chaque fois que
je pense à ce titre effrayant, *les Femmes et la fin du
monde*, mon cœur se serre. Il m'est arrivé de voir

cet ouvrage annoncé plusieurs mois avant de pouvoir
le lire. Pendant ce temps, je réfléchissais à son oppor-
tunité; mais j'espérais qu'il me découvrirait l'exagération d'un pessimiste. Hélas ! je crains que l'auteur
n'ait eu que trop de raisons pour publier son œuvre,
bien que je manque d'éléments pour vérifier et discu-
ter tous les détails.

Car, à mon grand regret, je n'ai pu pénétrer jusqu'au
cœur des souffrances populaires. A chacun sa tâche :
pour si restreinte que soit notre sphère d'action, il faut
s'en contenter. Or, la catégorie des femmes dont parle
l'auteur ne m'est connue que par ouï-dire. Plaie sociale
sans doute, produit vénéneux des grandes villes, né du
luxe et de la pauvreté à la fois; antithèse qui est une
synthèse ! A qui doit en revenir la plus grande responsabilité? Dieu me préserve de jeter la pierre à qui
que ce soit. Accuser ne guérit rien et condamner est
stérile.

Aussi n'ai-je parlé de l'ouvrage mentionné ci-dessus
que comme d'un point de départ. Savez-vous, femmes
mes sœurs, à quel rôle vous êtes destinées? Pour
moi, je crois que l'on pourrait faire un livre ayant
pour titre: *les Femmes et la* VIE *du monde*. Conti-
nuer la race humaine, l'*élever* au double sens éducateur et moral, voilà notre œuvre, à nous. Que faisons-
nous cependant?

On dit que nous avançons sa fin. S'il en est ainsi,
au moins avons-nous des complices. Mais comment

oserais-je me porter accusatrice des hommes, des
époux et des pères, lorsque j'ose à peine faire entendre à mes sœurs une voix timide? Je me bornerai donc
à celles-ci, persuadée que la complicité masculine ces-
serait avec leur faute : oui, quand nous dédaignerons
de ne parler qu'aux yeux et aux sens, nous pourrons
être aimées pour nous-mêmes, et, au lieu d'objets de
fantaisie, devenir objets d'amour.

Si donc je vous adresse aujourd'hui ces pages, ce
n'est point que je prétende avoir découvert de nou-
veaux horizons. Je ne suis point auteur, et je sais
qu'il existe en France de bons livres. Mon seul mérite — si c'en est un — est que je suis femme et dis
tout haut ce que tant d'autres pensent tout bas. Une
femme qui a souffert et qui a pensé, peut être utile
aux autres femmes. Son expérience peut former ou
éclairer celle des autres.

S'il faut d'ailleurs aller droit à la question, qui
pourra, je le demande, rendre mieux témoignage de
la femme que la femme elle-même? qui comprendra
mieux sa tâche que celle qui a vécu, qui a subi les diverses phases de la vie féminine, et souffert avec ou
pour ses sœurs?

Me voilà donc introduite auprès de vous.

Mais à qui vais-je m'adresser?

Mon esprit et mon cœur n'embrassent rien moins
que toutes les femmes du monde entier. Voilà pourquoi, bien qu'étrangère, je me sers de la langue fran-

çaise. Son emploi universel remplit mieux mon but.
C'est par l'intermédiaire de son clair et court langage
que j'adresse aux femmes de toute condition et de
toute nation ces quelques paroles, fruit de mon expérience.

Toutefois, mes avis n'ont pas la prétention d'être nécessaires à tout le monde. Loin de là, je fais acte de
sincère humilité devant plusieurs d'entre vous, mes
sœurs, qui m'êtes si supérieures! Mais ce sera peut-
être un avantage que d'avoir déjà beaucoup d'amies
chez plusieurs nations étrangères. A celles-ci d'abord
j'adresse ces quelques pages, comme un gage d'une
affection mille fois éprouvée, et qui, au surplus, pourrait se passer de cette assurance nouvelle. Pour les in-
connues, peut-être trouveront-elles à cette lecture
quelque profit, tout au moins un conseil ou une con-
solation.

Les présentations ainsi faites de part et d'autre, il
convient peut-être de commencer par une « profession
de foi », suivant le mot qu'affectionnent MM. les
journalistes.

Si les libres penseurs, après la lecture de la première page, me croient orthodoxe, ils auront tort : que
si les orthodoxes « intransigeants » me croient leur
coreligionnaire, ils ont plus tort encore.

Si l'on peut parler ainsi sans irrévérence, je ressemble à Jacob, qui resta boiteux après sa lutte avec le
Seigneur pour le connaître. Je ne suis pas boiteuse,

mais depuis un âge peu avancé ma tête a complètement blanchi. Excusez-moi si je vous entretiens de ce
détail qui peut sembler étrange ici : mais je vois là
la trace du combat acharné que j'ai livré pour connaître mon Dieu, et que toute âme doit livrer comme
moi. Encore s'il m'eût été donné de voir face à face la
vérité à ce prix ! Mais, la lutte finie, j'en suis réduite à
cet humble aveu, qu'une connaissance objective de
l'Être Suprême est impossible. La Divinité seule peut
se connaître et se définir. Mais se la représenter
comme grande, bonne et juste, vivre en tâchant d'atteindre l'idéal d'amour qu'a réalisé Jésus-Christ, voilà
des pensées qui sont non seulement permises, mais qui
s'imposent si nous voulons nous développer normale-
ment suivant la loi morale.

Mais, dira-t-on, l'idée de Dieu perdra toute unité,
et chacun se fera un Dieu subjectif, différent de celui
du voisin, à la mesure de son intelligence. — Et qu'importe ? Pourvu que chacun se représente la Divinité le
plus divinement possible, notre Père Céleste ne sera-
t-il pas servi selon ses souhaits, c'est-à-dire par des
créatures qui tendent de toutes leurs forces à la perfection conçue, imaginée et sentie par elles ?

Nous ne prétendons point cependant résoudre ces
hauts problèmes de la philosophie, de la métaphysi-
que ; nous nous contenterons de les effleurer d'une
plume légère. Comment un auteur novice, écrivant
dans une langue étrangère, pourrait-il traduire en

11

images fidèles ce qu'il a pensé, senti, souffert ? L'expression n'est ici que ces ombres vaines dont parle Platon dans le mythe de la caverne. La parole, instrument divin, est à la fois bien puissante et bien faible. Aux mains des plus habiles, n'est-elle pas auprès de la pensée ce qu'est le reflet à la flamme ?

Aussi renverrons-nous souvent nos lectrices à ceux qui, pensant comme nous, ont parlé mieux que nous. Qu'il me soit permis de citer ici quelques noms, et surtout ceux de MM. Legouvé, Rozan, Coquerel, Monod. Je n'oublierai pas madame E. Raymond, dont les articles profonds, où la distinction le dispute au charme, sont l'ornement d'une gracieuse publication hebdomadaire (1). D'autres noms se retrouveront sous ma plume au cours de ces pages. Pour moi, je n'ai voulu que résumer et condenser l'essentiel, et donner ici le fruit de mes lectures, dans un but avant tout *pratique*.

Puissent ces pages, chères lectrices, trouver un accueil favorable auprès de vous ! Qu'elles vous fortifient et vous édifient ! Considérez-les comme un *Sursum corda*, comme l'effort chaleureux d'une âme compatissante qui voudrait contribuer à vous rendre le vrai bonheur.

(1) *La Mode illustrée.*

CHAPITRE II

—

LA JEUNE FILLE. — CAUSERIE

Qu'elle sache ignorer les choses qu'elle sait...
Et qu'elle ait du savoir, sans vouloir qu'on le sache.
Sans citer les auteurs, sans dire de grands mots,
Et clouer de l'esprit à ses moindres propos.

MOLIÈRE.

— Etes-vous bien là, ma chérie, au coin de mon
feu, dans ce modeste salon, qui emprunte tout son

charme aux visiteurs qui le fréquentent ? Ceux-ci sont rares, à la vérité : mais qu'importe, s'ils sont choisis, si leurs esprits sont élevés ? A cette heure, leur souvenir vous sera une compagnie charmante : et, puisque nous voilà seules, causons.

Vous m'avez posé dernièrement une question à laquelle je veux répondre. « Est-il vrai, demandez-vous, qu'une jeune fille ait déjà un rôle à remplir? »

— Sans aucun doute. La petite fille elle-même, l'enfant a une tâche morale, une influence à exercer, ainsi que nous le verrons au chapitre de *la Mère*, puisque c'est la mère qui doit la former dans ce but.

A plus forte raison vous-même, vous qui comptez quinze ou dix-huit printemps, — peu importe, — vous avez un devoir, une mission, une responsabilité. La chose est évidente si vous êtes pauvre, s'il vous faut déjà gagner votre pain ou celui d'une mère, d'un père infirmes ; mais écartons ce cas exceptionnel. Je dis que vous, ma chérie, élevée dans l'aisance, ornée de connaissances variées, pourvue d'un père intelligent et d'une mère tendre, vous qui, semble-t-il, n'avez qu'à vous laisser vivre pour rendre vos parents heureux en attendant un mari, — vous devez cependant remplir votre rôle au foyer, et répandre autour de vous comme une douce lumière qui réchauffe et qui rajeunisse. Je vous prends telle que vous êtes, avec vos connaissances générales, auxquelles vous joignez un goût particulier pour tel ou tel art, musique ou dessin. Tel est en effet, d'ordinaire, le bagage de vos pareilles. Eh bien ! croyez-vous que ces connaissances n'aient point pour corollaire une obligation morale ? Si vous les avez prises, elles vous prennent à leur tour. Et pour leur faire honneur, vous êtes *obligée,* — obligée moralement, entendez-vous ? — d'accomplir ce triple devoir : les conserver, les accroître, les cultiver.

Pour conserver ces connaissances, il suffit de ne point vouloir les oublier, et de leur chercher sans cesse des applications. Pour les accroître, il faudra lire, comparer, méditer ; mais surtout observer, faire l'expérience de la vie par les yeux après l'avoir faite par la lecture, étudier les caractères de ceux qui vous entourent, et vous garder surtout de juger avec sévérité ou précipitation. Pour les utiliser enfin, il faudra passer du domaine de la réflexion ou de l'observation dans le domaine de l'action, et là, détail après détail, jour après jour, mettre d'accord la vie théorique, dans laquelle vous avez vécu par l'éducation et la vie pratique, où vous commencez à entrer par l'accomplissement d'un devoir.

Car ce devoir, il se dégage de ma triple observation : vouloir conserver, accroître, utiliser, n'est-ce pas AGIR ? Et ne faut-il pas agir pour se développer ? Et le développement, n'est-il pas la loi de toute créature ? Vous êtes donc tenue, ma chère enfant, obligée par la loi morale, qui est ici une loi univer-

selle, d'agir, d'exercer votre activité, en un mot, de
travailler. N'êtes-vous pas de celles qui veulent dire
avec le cantique :

« Ah! que je ne sois pas comme un rameau stérile,
« Qui, séparé du tronc, doit périr desséché :
« Mais que je sois, ô Dieu! comme un sarment fertile
« Qu'aucun vent d'aquillon n'a du cep arraché! »

Le travail est la matière dont une vie sérieuse est
faite. C'est donc une vie sérieuse que je vous propose,
ma chère enfant, et cela dans votre propre intérêt. Au
début de la vie, beaucoup de jeunes filles ne trouvent
de l'attrait qu'au plaisir. Elles ne savent pas combien
celui-ci est un tyran toujours plus impitoyable quand
on le sert, et combien le joug du devoir a de la douceur, quand une fois on l'a chargé sur ses épaules.
« L'esprit est roi, dit Sénèque : mais quand la jouissance a pénétré notre âme, quand elle s'est infiltrée
jusque dans les dernières moelles de notre corps,
c'est elle qui devient tyran et c'est l'esprit qui devient
esclave. » Le devoir est l'ami de l'homme, l'ami de
l'enfant et le vôtre, ma chère fille. Vous semble-t-il
dur, rébarbatif? Croyez-moi, il n'exigera jamais de
vous un salaire honteux. Loin de diminuer vos forces
morales, il les décuplera par l'exercice, au lieu que le
plaisir ruine à la fois et l'âme et le corps. Le travail
rend saine, joyeuse, forte contre le malheur. Il déve-

loppe. Le plaisir énerve, amollit, et nous laisse brisés devant le malheur. Il déprime.

Or, quand vous aurez accepté la sainte loi du travail, les occasions ne vous manqueront pas d'exercer votre activité et par là votre influence. Même oisive, vous ne serez pas sans rien faire, car les loisirs d'une femme active, une féconde méditation les remplit. Voulez-vous lire ? A côté des livres simplement instructifs ou amusants qu'il ne faut pas proscrire, vous ferez une place à ceux de vos écrivains qui ont le mieux connu et aimé les jeunes filles. M. Rozan sera pour vous un conseiller, un guide. Son livre « la Jeune Fille » abonde en aperçus justes, en pensées excellentes. Vous apprendrez là, par exemple, combien il est facile de ridiculiser autrui. C'est le travers d'esprits médiocres, et non un signe de finesse ou de sagacité. Un grand poète a pensé de même : « Le rire est amusant, mais il n'est pas sain, » écrivait Lamartine. Non qu'il faille renoncer à la gaieté : mais pourquoi ne pas exercer son esprit à reconnaître, à découvrir chez les autres des qualités aimables ? Et quand même nous leur en prêterions quelques-unes, ce ne serait pas à fonds perdus. En enrichissant autrui, nous nous enrichissons, loin de nous appauvrir. — Le livre la *Bonté*, du même auteur, est aussi d'une lecture salutaire et fortifiante. C'est par des récréations de ce genre que l'esprit peut à la fois s'élever et se distraire.

Que s'il faut descendre dans le détail de vos occupations, s'il faut parler de vos travaux manuels, de la musique que vous faites, etc., je vous dirai toujours : Ayez sans cesse un but, un but utile. Tâchez de rayonner, et que tout ce qui vient de vous, la broderie qu'ont festonnée vos doigts, la romance que vous avez chantée, que tout soit fait pour l'utilité ou pour le charme d'un des vôtres, pour ménager une surprise au petit frère ou à la petite sœur, pour égayer votre père soucieux. Ne vous prenez pas pour but, et ne cherchez pas à jouir seule : vous jouirez bien plus quand d'autres jouiront par vous. Si votre organisation s'y prête, aimez l'art, mais prenez garde ! L'art est masculin, parce que l'homme, plus libre que la femme, peut mieux se consacrer à lui. Or l'art est exclusif, égoïste, accapareur ; il faut éviter qu'il ne vous absorbe au détriment de l'épouse et de la mère que vous devez être plus tard. Rappelez-vous qu'il y a quelque chose de plus rare et de plus beau qu'une femme artiste, c'est une femme qui fait aimer son foyer.

Est-ce tout ? Non certes, et j'aborde une question considérable, qui nécessiterait de longs développements, si je prétendais la traiter à fond, — celle du rôle de la jeune fille dans le ménage. Jusqu'ici nous avons considéré la jeune fille dans sa tâche morale ;

mais la tâche matérielle, est-elle nulle ? Loin de là, elle est délicate et compliquée. La jeune fille n'est-elle pas appelée à devenir épouse et mère ?

Il faut donc qu'elle se prépare à devenir l'une et l'autre, à remplir les devoirs de l'une et de l'autre. Tout nouvel état social, emportant la vie ancienne, apporte une nouvelle vie, avec ses expériences, ses obligations nouvelles. On ne devient point, du jour au lendemain, par pure intuition, épouse ou mère. Il faut donc faire son apprentissage grâce à une foule d'occupations intermédiaires auxquelles préside une mère expérimentée.

Etrè épouse, c'est avoir un mari et un ménage. Or, toute jeune fille qui sait soigner son père, saura soigner son mari ; toute jeune fille qui pourra suppléer sa mère dans le ménage, pourra être à son tour maîtresse de maison. Il faut donc que les travaux intérieurs, que les mille soins domestiques soient pour nous, ma chérie, un objet d'occupation, je dirai même d'étude. Surtout, ne croyez pas qu'il existe de petites choses dans un ménage, et n'hésitez pas à vous inquiéter des plus humbles détails. Tout à son importance dans la vie de famille, où l'ordre, la règle doivent partout régner. Un livre qui traîne, une tache sur un meuble, sont des indices graves de désordre. La jeune fille dissipée ou frivole ne relèvera pas le livre, n'apercevra pas la tache. Mais que pensera son fiancé, si par hasard il aperçoit cette double négli-

gence ? Il pensera que cette charmante enfant ferait
une détestable femme de ménage, et il aura certes
raison.

Etre mère enfin, c'est avoir des enfants à soi, qu'on
élève et qu'on développe. L'épouse n'est pas complète
sans la mère ; mais la bonne épouse est toujours
bonne mère. Or comment faire cet apprentissage ? —
Loin d'être impossible, c'est peut-être de tous le plus
facile, vu l'instinct éducateur que la nature a donné à
la femme, et l'amour qu'elle témoigne pour les petits
enfants dès son âge le plus tendre. On peut être la
mère de son petit frère, de sa petite sœur Et si vos
parents viennent à vous manquer ? Si, orpheline, vous
avez des bébés à votre charge, protégés par la mater-
nité plus que douteuse des tuteurs ? Le cas est fré-
quent, ma chérie, et sera peut-être un jour le vôtre.
Or comment pourrez-vous espérer faire l'éducation de
vos enfants à vous, si vous n'avez été jusque-là la
mère de personne, ni de vos frères et sœurs, ni des
petits orphelins qui vous ont demandé la charité, si
vous ne vous êtes intéressée à aucune de ces œuvres
de charité maternelle qui sont l'honneur des femmes ?
Ici encore vous serez la première à profiter de vos
bienfaits, et vous n'aurez fait du bien à nul plus qu'à
vous-même.

Mais assez sur ce chapitre, ma mignonne. J'espère

vous avoir montré combien, au début de la vie, il importe de tout faire sérieusement. Pratiquez le bien et aimez-le pour lui-même. Et rappelez-vous que les fleurs doivent nouer en avril pour que l'automne tienne les promesses du printemps.

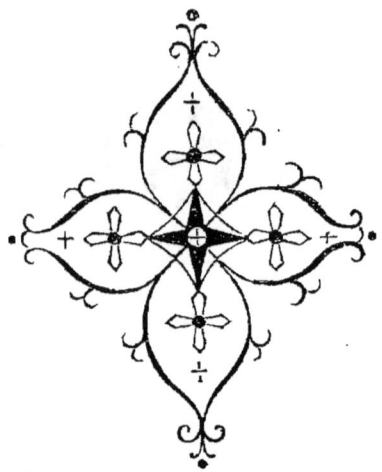

CHAPITRE III

L'ÉPOUSE. — PROMENADE.

> Le seul point qui importe,
> c'est qu'il y ait en vous un
> vrai cœur de femme, je veux
> dire un cœur jaloux de vivre
> non pour vous, mais pour au-
> trui.
>
> A. MONOD.

— Connaissez-vous Ruisdael, ma chère lectrice ?
Avez-vous vu, au Louvre ou ailleurs, quelqu'un de

ces tableautins grands comme une page de cahie d'é-
colier, page où la nature elle-même semble avoir pris
plaisir à déposer son image? Ruisdael, comme Berg-
hem, comme tous les paysagistes hollandais, est un
amoureux discret et calme de la nature : ses tableaux
sentent la feuillée humide, l'ombre, le mystère, et dans
leurs lointains gris clair, on croit entendre un chu-
chotement d'amoureux. Justement, en voilà deux qui
passent là-bas au fond de l'allée : mais non, ce sont
deux jeunes filles ; il est vrai qu'elles causent d'amour
et de mariage. Approchons, si vous voulez, et écou-
tons :

— « Crois-tu qu'en l'acceptant pour mari, j'agirai
comme je le dois ? »

— « Je répondrai de mon mieux à ta confiance.
Seulement, ma chérie, avant de te parler de ton prétendu, laisse-moi revenir un peu sur nos précédents
entretiens.

Tu sais que, autant que toi, je considère le mariage
comme l'état le plus propre au bonheur, pourvu que
l'homme et la femme trouvent chacun l'amie et l'ami
qui leur conviennent. Aussi, suis-je décidée à ne pas
me marier, si je ne rencontre un homme à qui je sa-
crifierais joyeusement ma liberté, ou plutôt si je ne
crois pas qu'il me soit destiné par Dieu même. — Non
que j'exige de mon mari la perfection. Mais pourtant,
je redouterais d'avoir donné ma main à un homme que
je reconnaîtrais plus tard indigne de ma confiance.

Cette situation me paraît un supplice. Avoir trouvé
son maître ! Voilà le vrai bonheur pour la vraie
femme. Mais avoir cru le trouver et s'être trompée ;
jouer constamment le rôle de l'inférieure sans l'être
voilà, je l'avoue, qui serait au-dessus de mes forces.
Ce n'est pas que la question de supériorité se pose
tous les jours pour la femme ou le mari, mais quand
elle se pose, elle doit toujours être résolue à l'avantage
de l'homme, et malheur à celui que sa femme a jugé
au-dessous de sa tâche !

Dire qu'une union de cette nature est un malheur,
c'est dire que l'union naturelle, — savoir l'harmonie de
deux caractères sympathiques, — est un bonheur.
Voilà pourquoi l'on ne saurait consacrer assez de
temps à se connaître avant de s'épouser. Le mariage
est un acte si décisif dans la vie, que je ne conçois pas
les pays où l'on fait marchandise de la femme. En
France, on dit : « *faire* un mariage, » comme on dit :
« *faire* une opération commerciale. » Les parents di-
ront, « Je *marie* ma fille, ma nièce, » tout comme :
« J'ai bien vendu ma maison, ou loué mon jardin. »
C'est le soulagement d'un poids enlevé, le contentement causé par un bénéfice. Pour la plupart des pères,
le mariage de leurs enfants n'est-il pas « l'affaire »
capitale de leur vie, qui se suppute à grand renfort de
chiffres ?

La dot, voilà l'essentiel. Les pères calculent les
dizaines ou centaines de mille francs qu'il faudra comp-

ter au mariage de leurs filles. N'est-ce donc pas assez que la fille soit *donnée*, qu'elle aille se consacrer tout entière à celui qui l'a demandée ? Et ne doit-elle pas avoir en elle-même, ne doit-elle pas être elle-même ce trésor qui enrichit plus que toute richesse ?

Je veux que certaines personnes se préoccupent moins de la question d'argent · quelques-unes, en effet, — bien rares à la vérité, — ne voient là qu'une chose secondaire. Encore est-il une foule de préjugés, d'abus, qui compromettent les bons résultats du mariage. J'arrive ici à ces fameuses lois de « bienséance, » sans doute appelées ainsi parce qu'elles siéent aux frivoles, et que ceux-ci s'appellent « légion » dans la société. Ainsi une jeune fille « comme il faut » se gardera de marquer son estime ou sa préférence à tel jeune homme, qui l'aime peut-être en secret, et dans tous les cas serait pour elle un excellent mari. — N'est-ce pas absurde ? Et n'est-ce pas le contraire qui devrait se produire ? Pourquoi imposer cette contrainte à la jeunesse, lui ordonner la banalité dans ses relations, la dresser à tromper les autres et à se tromper elle-même ? Ne croit-on pas qu'il y aurait moins de mariages malheureux, si les jeunes gens se connaissaient d'une manière moins superficielle, si la confiance et l'estime réciproque naissaient de cette connaissance ? — Autre exemple : on permet aux jeunes filles de causer chiffons, danses, etc., et les mères leur donnent les premières leçons de ce bavardage creux et plat des soirées. Cependant il est « malséant » de causer mariage entre elles. Or, de la toilette ou du mariage, lequel est le plus important, lequel doit tenir la plus grande place dans la vie ?

Ces conversations de jeunes filles sèraient déjà une préparation au mariage. Or, cette préparation fait encore plus défaut, lorsqu'on les marie trop vite, à leur sortie de pension, par exemple. Ne vaudrait-il pas mieux qu'alors la jeune personne grandît et se développât tranquillement dans la maison paternelle, jouissant de sa liberté, apprenant à l'employer à propos, et mûrissant sa jeune expérience par l'observation des hommes et des femmes ? Il faut pourtant qu'elle comprenne la portée de son acte. Or, elle va se donner, ni plus, ni moins. Dans un sens, son existence, à elle, va cesser. S'il lui en coûte quelque chose, qu'elle ne se donne pas. La vraie femme trouvera dans ce don son bonheur, car la nature l'a faite pour s'effacer et pour en être heureuse, pour vivre en autrui, et se fondre dans une existence étrangère. Comme elle renonce à son nom pour prendre celui de son mari, elle renonce à vivre pour elle, et vit comme une seconde âme de celui qui l'a choisie. Mais ce bonheur intime, fait d'un don de tous les instants, n'est ressenti que par les cœurs profonds et les esprits mûrs, et à seize ans, la jeune fille n'a ni l'un ni l'autre.

Aussi la première garantie du bonheur domestique

est-elle une estime réciproque. Sans elle toute union est malheureuse. Il est possible qu'une femme *n'aime* pas, dans le sens profond du mot, avant que le mariage ait sanctionné son choix. La sympathie, l'affinité des cœurs peut exister, sans que l'on aime encore de cette manière supérieure. Mais, dans ces conditions, l'amour est le fruit du mariage. Voilà pourquoi je ne suis ni surprise ni effrayée pour ton bonheur, que tous les trésors cachés de ton cœur ne se soient pas encore montrés. Les femmes réellement femmes ont ainsi des richesses d'amour inconsciemment comprimées, qui éclatent en leur temps. On peut donner au fiancé l'amitié fraternelle et réserver au mari cet abandon complet de son être, que je ne sais quelle pudeur contient jusqu'au dernier jour.

C'est pourquoi, ma chère amie, connaissant d'une part tes sentiments pour ton fiancé, de l'autre les qualités solides de ton caractère, je ne doute point que tu ne fasses une excellente femme. Tout en dirigeant ton ménage, tu ne laisseras pas de charmer tes loisirs par la lecture, la musique, ou telle autre noble occupation. Ta maison sera un petit nid charmant, et je te promets de prendre parfois mon vol pour m'y abriter contre les coups rudes de la vie. — Tu seras en même temps une bonne maîtresse pour tes domestiques ; sans en faire tes amies, tu en seras une pour elles. Tu ne craindras pas de t'occuper de tous les détails ; tu mettras la main aussi bien à la cuisine qu'à la lingerie. Tes doigts seront à ton service comme autant de fées, et rien n'échappera à ton œil vigilant.

Quelles que soient les difficultés de ta tâche, que ton mari ignore que la possibilité de ne pas être bien matériellement existe. — Et cependant, ce bien-être physique n'est que l'accessoire : ton action morale surtout devra se faire sentir, surtout dans ces cruels moments où la vie reiligeuse s'efface et disparaît de la vie des hommes. — C'est toi, entends-tu bien, qui dois entretenir la flàmme sàcrée dans le cœur de ton mari. Les études des hommes se prêtent facilement à des égarements momentanés. A toi revient la tâche de le ramener dans le droit chemin et d'exercer ta douce influence sur cet esprit dévoyé.

Enfin, ma chérie, ne cesse point de croire et d'espérer en Celui dont les voies ne sont pas nos voies. Pour moi qui connais ton bon petit cœur, j'ai confiance en l'avenir. Cette promenade est peut-être la dernière que nous faisons avant ton mariage. Que l'impression en soit salutaire et durable ! Puisse ton mari avoir rencontré en toi « la femme vertueuse qui est la couronne de son époux. »

CHAPITRE IV

LA MÈRE. — LETTRE.

> Que deviendra ce petit enfant? La réponse dépend avant tout de l'éducation, et l'éducation dépend avant tout de la mère.
>
> A. MONOD.

Chère amie,

Vous m'engagez à vous exposer mes idées sur l'éducation. Vous vous sentez, dites-vous, peu préparée à une pareille tâche.

Votre préoccupation me semble d'un excellent augure. Peu de mères se font une idée exacte de tous les soins qu'exige leur qualité de mère, et s'inquiètent d'y avoir été préparées par leur éducation.

Quelques ouvrages pourront nous guider dans nos recherches. On a de notre temps beaucoup écrit sur l'Education. Sous le titre d' « Education intellectuelle, morale et physique. » Herbert Spencer, un Anglais, a écrit un admirable livre, plein d'observations fines et de sens profond. Je vous y renvoie. Ce qui ne m'empêche pas de vous communiquer le résultat de mes expériences personnelles.

Et d'abord, parlons des *conditions* sans lesquelles une mère ne peut l'être au sens véritable du mot. La mère doit se connaître, et, partant, se bien posséder. Pour former le caractère d'autrui, il faut connaître le sien propre, avoir sur lui un empire absolu. Si cette exigence vous paraît excessive, il suffira que vous tendiez à ce but de tous vos efforts. La perfection est irréalisable, hélas! nous le savons tous ; mais on peut s'en rapprocher indéfiniment.

En second lieu, la mère doit aimer la vie de famille s'y consacrer et se détacher peu à peu de la société mondaine. La société vous en voudra peut-être, mais pas longtemps, lorsqu'elle verra que vous lui préparez des ouvriers solides pour la jeune génération. Il vaut mieux entendre louer ses enfants que sa toilette. La vie mondaine donne moins de jouissances que la vie sainte de la famille. Et quelle joie pour vous si, plus tard, conduisant vos filles dans le monde, vous les voyez ne goûter qu'en passant des plaisirs passagers, et mettre toujours au-dessus des bals et des fêtes les vraies joies intimes de la veillée autour de la table du petit salon !

Ces conditions indispensables posées, — car on ne peut parler d'éducation à une femme violente, capricieuse ou mondaine, — abordons le grand problème par ses divers côtés. Il faut diviser cette question si complexe. Nous diviserons donc les soins de la mère en trois catégories : *soins matériels, soins intellectuels, soins moraux*, que nous indiquerons successivement.

Pour les soins *matériels,* vous ne vous étonnerez pas, chère amie, si je parle d'abord de la toilette. Ne joue-t-elle pas un rôle important dans la vie d'une femme, d'une mère ? Parmi celles-ci, il en est qui, soigneuses de leur personne avant le mariage, cessent de soigner leur tenue quand elles ont des enfants. C'est un tort, un tort grave. Toutes les femmes doivent chercher, non à plaire, mais à ne pas déplaire aux yeux. Vous, surtout, femme mariée, mère de plusieurs enfants, qui devez répandre autour de vous l'agrément et l'attrait.

Est-ce à dire que je vous pousse à la dépense ? Non

certes. Une robe fraîche l'été, une robe simple l'hiver,
ne dépassent pas la portée des bourses moyennes. Le
point principal, c'est que, choisies avec goût, on puisse
présenter aux visiteurs des robes de maison aussi
soignées que des robes de rues. Et pourquoi respec-
terait-on moins sa maison que celle des autres ?
Pourquoi tant plaire aux étrangers, et ne pas s'inquiéter si, à la maison, on est vêtue au goût de son
mari ? De quel droit d'ailleurs exiger de ses enfants
une propreté, une bienséance qu'on n'a pas soi-
même ?

Au point de vue hygiénique et même éducateur, la
toilette ne doit pas non plus être négligée. Ici je vous
mettrai en garde contre les caprices et les excentri-
cités de la mode. Ne lui empruntez que les commo-
dités, et laissez le reste. Que les vêtements de vos
enfants, suivant les conseils de Spencer, produisent
ou conservent à leurs corps la chaleur nécessaire à la
croissance. D'autre part, ne les habillez pas trop lour-
dement, de peur de les affaiblir par une transpiration
anormale. Surtout pas de colifichets ou d'ornements
superflus ; n'ayez pas sans cesse à dire : « Ne vous
chiffonnez pas, mes chéris ; ne gâtez pas vos belles
robes, etc. » Les enfants, au moins pendant toute
leur croissance, doivent être affranchis des exigences
de la mode.

Après les vêtements, la nourriture. Je sais, chère
amie, que vos soins se portent sur les repas de la

nourrice. Mais le nourrisson n'est pas le seul être dont l'estomac puisse être délicat. Observez donc l'effet que les aliments produisent sur vos enfants; toutefois, en évitant de les fatiguer, ne les efféminez pas. Sauf quelques mets par trop indigestes, un estomac jeune fait son profit de tout si la nourriture est assez variée et si l'enfant s'ébat au grand air. Qu'il ne reste pas longtemps sans rien prendre, surtout le matin. Les uns veulent être nourris souvent, et à petite dose; à d'autres il faut des repas à heure fixe. Ce système est le plus commode, et, peu à peu, on peut y accoutumer les jeunes estomacs. Ce sera le vrai moyen de les fortifier.

A côté de ces soins spéciaux, il en est de plus généraux et non moins importants. Je veux parler de l'hygiène. L'hygiène joue un rôle capital dans l'Education (1). La maison est-elle propre au développement de petits êtres délicats ? Les chambres à coucher sont-elles sèches et chaudes ? Avez-vous une grande pièce, succinctement meublée, destinée à servir de théâtre aux ébats des enfants, quand la mauvaise saison les retient chez eux ? Toutes sont-elles aérées ? Le lever et le coucher n'est pas non plus indifférent. Que les enfants se couchent de bonne heure et se lèvent de grand matin. Un bon sommeil est souvent

---

(1) Voir l'ouvrage si remarquable du Dr Fonssagrives.

le meilleur remède aux indispositions de l'enfance.
Les heures avant minuit sont les plus profitables pour
les grandes personnes, à plus forte raison pour les
bébés.

Pour tous ces motifs et pour d'autres encore, il
serait bon que les mères connussent certains éléments
de médecine. Que de fois met-on sur le compte de
l'humeur et du caractère ce qui provient simplement
d'un malaise physique ! Chez l'enfant bien plus que
chez l'homme, le physique influe sur le moral. La
mère n'est complètement mère que si elle peut s'expli-
quer entièrement et amender le caractère de son enfant par la connaissance et la satisfaction de ses besoins corporels. Loin donc d'écarter de vous tout livre
un peu spécial d'hygiène ou de médecine, chère amie,
appliquez-vous à vous approprier ce qu'il peut contenir d'utile pour la santé et partant pour le caractère
de vos enfants.

Il me suffira d'avoir rapidement indiqué les soins
matériels. D'ordinaire, l'expérience des mères est rarement en défaut sur ce point. Les soins *intellectuels*
sont d'un ordre plus relevé et plus délicat.

Et d'abord, voyez l'enfant qui s'éveille à la vie :
quelle vivacité dans ses gestes ! quelle investigation
dans ses regards ! Nouveau venu dans un monde
nouveau pour lui, il est né *curieux*. Le premier ali-
ment intellectuel sera donc la satisfaction de cette

curiosité. Mais là, nouvelle difficulté : les abstractions ne sont pas à sa portée; les explications le dépassent, les faits seuls lui parlent et lui plaisent. D'où l'amour des histoires, l'avidité avec laquelle l'enfant écoute conter. L'historiette sera un stimulant pour sa jeune activité. Avec un peu d'adresse on dissimulera peu à peu la *nécessité* du travail sous le plaisir du travail, et il en viendra à considérer celui-ci comme un agrément, une joie. Là est le point de départ, le point capital de l'éducation. Une fois l'enfant mis au travail, une direction devra être imprimée à ses études, et cela dès l'origine. Il faut, dès le premier jour, savoir *où jusqu'où*, on veut arriver, et *par quelle voie*. Ici, plusieurs considérations doivent guider les parents, et avant tout celle de leur position propre. *L'instruction doit être en rapport avec la fortune*. D'autre part, si l'on considère que l'esprit de l'enfant, ouvert de toutes parts, n'est, dans l'origine, réfractaire à aucune sorte de connaissance, il faudra étudier avec soin celles qui semblent cependant le plus convenir à sa nature, telle qu'elle se manifeste par ses actes et ses propos. Si donc il est vrai qu'on peut tout apprendre à l'enfant, comme il est néanmoins impossible de lui tout entreprendre, il faut lui donner *une instruction qui convienne à ses aptitudes et les développe*. Ces deux principes sont fondamentaux, et sur cette base on ne risquera jamais d'aboutir à ce que l'on appelle des « éducations manquées. »

Une fois ces deux points établis, mettez-vous à
l'œuvre, et observez sans cesse le petit enfant. Observez l'effet que produisent sur lui vos paroles, son
tour d'esprit, la nature de ses réflexions, les conclu-
sions qu'il tire. Tout sera un indice, révélera ses facultés naissantes. C'est ce qu'un auteur anglais, Florence
Montgomery, a développé avec beaucoup de charme
dans plusieurs livres. Soyez sobre de louange, si vous
voulez lui laisser tout son prix. Ne l'exprimez pas en
termes hyperboliques, qui blesseront l'enfant en augmentant sa vanité. Quelle récompense plus douce que
ce mot d'une mère : « Tu m'as fait plaisir, mon enfant. »

Dans tous les cas, et quelle que soit votre fortune,
que l'éducation de vos enfants soit en profondeur et
non en surface. Ils doivent être utiles, et ne pas se
contenter de briller.

Proposez-vous enfin d'exercer et de développer en
eux le jugement. Trop souvent on s'adresse à leur
mémoire. Qu'ils sachent non par ce qu'ils se souvien-
nent, mais par ce qu'ils ont appris à juger. Sagacité,
pénétration, profondeur et rapidité du coup d'œil,
voilà les qualités qui font l'homme et le rendent remarquable entre ses semblables.

Mais ces qualités de l'esprit ont aussi, ont surtout
eur source dans le cœur. « C'est le cœur qui rend
éloquent, » disent Quintilien et Vauvenargues. Non
seulement l'éloquence, mais toutes les nobles aspira-

tions de l'esprit, ses plus belles facultés, l'imagination,
l'instinct artistique viennent du cœur. Voilà pourquoi
il faut avant tout élever l'âme. Les *soins moraux*
sont les vrais soins éducateurs. Embellissez donc
cette âme, agrandissez ce cœur d'enfant. Ouvrez-lui
tout ce qui est beau, grand, généreux : faites passer
en lui un peu de vous-même, et pénétrez-le d'amour.
C'est par la puissance d'aimer que les hommes prou-
vent leur supériorité sur les autres. Être enthousiaste
de toute chose belle, n'est-ce pas avoir un degré de
plus dans l'humanité ?

Que votre éducation soit donc dirigée dans ce sens,
et que l'amour y préside : qui dit amour dit indulgence. Je ne dis pas faiblesse. Les stimulants seront
des tendresses, et les punitions elles-mêmes, légères à
cause de leur efficacité, atteindront ce but. Peu ou
point de châtiments. Avec une âme bien née, le refus
d'une faveur suffit pour punir. Ne vous laissez pas
embrasser par l'enfant, s'il est en faute. Laissez-lui
voir que vous avez de la peine. Il ne résistera pas à
la douceur. Celle-ci est d'ailleurs inépuisable dans ses
effets. S'il faut infliger des privations, qu'elles soient
légères et courtes.

L'enfant a des frères, des sœurs. Sinon, il a des
camarades. L'éducation par l'amour entretient au foyer
une atmosphère de bienveillance ; le support mutuel
en résulte. L'enfant doit savoir faire tel sacrifice au
goût d'autrui, endurer tel ennui : et cela, non avec

13.

maussàderie, mais gaiement, sans contrainte, ayant appris par votre exemple que « *la politesse est l'art de concilier ce qu'on doit à autrui avec ce qu'on se doit à soi-même.* » Mme DE LAMBERT.

Vous-même, chère amie, ayez des causeries intimes avec tous vos enfants, et habituez-vous à voir jusqu'au fond la limpidité de leurs âmes. Sachez y lire, et ne vous déshabituez pas de cet exercice. Que votre conduite avec eux soit un habile tempérament de fermeté et de tolérance, de facilité pour certains détails, de rigueur s'il s'agit d'un ordre donné. L'enfant doit, avant tout, avoir le respect de l'autorité : mauvais fils sans cela, il sera mauvais citoyen plus tard.

Enfin, si l'enfant doit quitter la maison paternelle pour achever ses études, que cette séparation soit reculée autant que possible : rien ne vaut le foyer, et l'internat, plaie nécessaire peut-être, n'en est pas moins une plaie. Sachez que la mère passe au second plan, sinon au troisième, dès que le fils entre au collège, la fille en pension. Le rôle maternel est, sinon terminé, du moins interrompu, et n'exercera plus dorénavant son ancienne action. Il faut donc que la première culture soit profonde, et que la première semence ait jeté de fortes racines pour que les petits orages de la vie scolaire ne la dispersent pas aux quatre vents.

Tout ce qui précède, chère amie, s'applique à l'éducation en général, tant à celle des filles qu'à celle des garçons. Pour les filles, je voudrais ajouter quelques paroles spéciales. Durant tout le cours de leur éducation, il ne faut pas perdre de vue le *but* et la *condition de leur existence*. Le rôle de la femme est loin d'être secondaire ; mais elle, individuellement, doit passer au second plan, et s'effacer devant l'homme. Il me paraît absurde de la vouloir substituer à celui-ci. Elle a *sa* tâche que l'homme ne peut remplir ; l'homme a la *sienne*, dont elle ne peut s'acquitter. Sa nature, son organisation, son caractère, ses facultés, ne la destinent pas aux rudes combats de la vie, aux assauts de la vie extérieure, politique, commerciale, etc. A l'homme le soin d'assurer les ressources matérielles de la vie ; à la femme de les utiliser, d'élever les enfants, d'orner et d'égayer son intérieur. Autant les qualités de l'homme, fait pour la lutte, devront ressortir et s'accuser au dehors, autant celles de la femme, tout intimes, se révéleront dans l'intimité et passeront inaperçues aux yeux de l'indifférent. Sa plus grande qualité sera une qualité négative, — la *douceur*. Toute petite, la fillette saura qu'elle doit être douce avec ses petits frères ; qu'elle sache céder. Ne pas résister à outrance, c'est là un des plus beaux apanages de la femme. On dit volontiers que ce devoir de céder à l'homme est une preuve d'infériorité. On a tort. Avoir raison, et, sans faire aucun sacrifice à la vérité ou à ses convictions, céder un instant pour conserver la paix, c'est donner une preuve de sens, et faire un acte d'abnégation, hélas ! très rare.

Pourquoi est-ce rare ? Parce qu'on pense toujours à soi et jamais aux autres. Quand nous cesserons de nous adorer, de n'aimer que nos opinions, alors notre esprit et notre cœur feront des progrès. Tout le monde, hommes et femmes, est appelé à ce perfectionnement, dont la base est la sociabilité et l'amour de la concorde. Pour ce qui nous concerne, jouer l'inférieure n'est pas l'être ; consentir à paraître peu cache parfois beaucoup de mérite. Plût au ciel que cette modestie fût générale !

D'ailleurs, cet état d'effacement volontaire et momentané a ses charmes. D'une part, je n'ôte pas aux hommes la supériorité légale ; — de l'autre, je suis trop femme pour ne pas sentir les délices de la dépendance sous une direction vraiment supérieure. Et cette délicatesse dans la jouissance morale me paraît convenir à la nature plus aérienne et, — passez-moi le mot, — plus immatérielle de la femme. De judicieux auteurs, Legouvé entre autres, ont fait sur sa constitution physique des remarques d'un ordre scientifique, qui prouveraient qu'elle occupe un degré supérieur dans l'échelle des êtres créés. D'autre part, la légende dit que la femme fut créée la dernière. Qu'est-ce à dire, sinon qu'elle fut la dernière œuvre d'un créateur tout-puissant, c'est-à-dire son œuvre la plus parfaite, la plus achevée? Mes sœurs, quelle responsabilité pour nous! D'un autre côté, cela ne signifie-t-il pas que, venue après la prise de possession de la terre par l'homme, elle doit lui obéir? La femme trône, elle est reine; mais c'est son mari qui tient le sceptre.

Douceur de la femme, abnégation de la femme, voilà ses devoirs ; immatérialité, voilà sa nature. Ce sont, il me semble, d'assez beaux dons. Vous donc, ma chère amie, qui avez des filles à élever, ne perdez pas de vue le but. J'ai essayé de l'indiquer ici, dans la mesure de mes faibles forces : ai-je épuisé la matière? Je ne saurais avoir cette prétention, et nul ne peut l'avoir. L'Education, science expérimentale, ne sera entièrement connue qu'après la dernière expérience... c'est-à-dire qu'elle sera toujours un peu inconnue.

Mais il n'importe. Vous connaissez la tâche, vous savez les moyens. A l'œuvre, ma chère amie ! Je vous souhaite vie et santé pour vous et vos enfants. Et puisse-t-on dire à leur propos : « Connaissez-vous leur mère? Ce doit être une femme supérieure ! » Voilà quelle doit être votre ambition, et l'ambition de toutes les mères !

CHAPITRE V

—

> Femmes célibataires, rem-
> plissez si bien votre mission
> que, l'heure de votre mort
> venue, chacun se félicite de
> l'isolement heureux qui vous
> a permis tant de dévouement,
> et que dans les tendres regrets
> qui suivront au tombeau votre
> dépouille mortelle, on ne puisse
> pas plus discerner si vous étiez
> femme ou sœur, tante ou mère,
> parente ou étrangère, qu'on
> ne le discerna dans vos sa-
> crifices !
>
> A. MONOD.

J'ai parlé des diverses positions sociales de la femme : reste à étudier la femme sans position sociale,

ni épouse, ni mère, la femme célibataire. L'épouse et
la mère sont, il est vrai, des sujets plus intéressants,
parce qu'ils répondent mieux au rôle et à la vocation
de la femme. Mais leur tâche, plus nettement définie,
n'est-elle pas aussi plus facile, et ne satisfait-elle pas
mieux le cœur, par la récompense qu'elle porte en
elle-même ?

Pour nous, femmes non mariées, c'est autre chose.
Et bien que je déteste le mot : « la femme a la part
du diable, » je crois que notre lot est difficile. Je ne
parle pas de l'absence d'un objet spécial à aimer, à
chérir. Car on peut toujours aimer d'affection et d'a-
mitié, quand on est sans mari. Mais pour qui, sinon
pour nous, ces jours d'angoisses, où l'on se demande :
« Dieu, que veut-Il que je fasse ? Où est mon devoir ? »

Si l'on est obligée de travailler pour gagner son
pain, la tâche est tout indiquée et plus facile. La
femme prend une occupation suivant ses goûts, et la
poursuit. — Si elle est très riche et si elle est compatissante, le devoir est encore ici vite formulé, —
Mais pour celles qui, n'étant pas dénuées de ressources,
n'en possèdent pas assez pour répandre autour d'elles
le bien-être et le bonheur ; pour celles dont la vie
matérielle est assurée suffisamment, et qui éprouvent
le besoin de se donner, quels doutes ! quelles luttes !
Ce sera d'abord une parenté intéressée qui fera obstacle.
Puis, l'incertitude des moyens. Faut-il faire du bien

par la parole? par la plume? par l'éducation d'enfants
malheureux? par les soins matériels donnés à une
famille sans mère? Pour ne pas hésiter, il faudrait se
bien connaître, connaître tout ce dont on est capable,
et c'est le difficile. D'autres occupations s'imposent:
le soin des malades par exemple, que nous partageons
avec les pasteurs. Gardons-nous, chères sœurs, d'être
vaincues dans ce combat de la charité.

Je sais bien que, de notre temps, des femmes ont vu
s'ouvrir pour elles certaines carrières positives, autre-
fois fermées, Il y a des femmes médecins, et l'on parle
de femmes avocats et de femmes électeurs. Que
penser de ces innovations (les dernières surtout), sinon
qu'elles émanent de cerveaux plus indépendants que
réfléchis? Donner à la femme le rôle de l'homme,
n'est-ce pas une perturbation de l'ordre naturel?
Passe encore pour quelques exceptions. Mais si
toutes se substituent aux hommes, qui est-ce qui
remplira le rôle des femmes? Sont-ce les maris?
On a cité à ce propos un plaisant exemple que je
rappellerai ici. Dans une montre il y a deux parties
principales, les aiguilles et les ressorts. Les aiguilles
ont une utilité qui parle aux yeux; sans elles,
pas d'heure indiquée. Les ressorts sont cachés,
mais sans eux les aiguilles ne parlent pas. Or, si
tous les ressorts voulaient devenir aiguilles, où en
serions-nous ?

De même la nature mit l'homme en évidence

4

comme l'aiguille, tint la femme cachée comme le
ressort. Une substitution ne serait-elle pas aussi
absurde que si une fleur venait à dire : « Je veux être
arbre ou rocher ? » Voyez un peu la société : si la
femme plaide au palais, vote à la mairie, qui écu-
mera le pot-au-feu ? Qui fera revivre cette vie de
famille qui se meurt d'inanition ?

Il restera toujours assez de femmes pour cela,
dit-on. Qu'en savez-vous? Aurez-vous deux catégories de femmes, les unes pour le foyer, les autres
pour les affaires? Cet argument ne soutient pas
l'examen. Mais, dit-on encore, telles femmes excep-
tionnellement douées seraient si utiles dans la vie
publique! Je vous le demande, le seront-elles moins
dans la vie privée ? Et l'éducation d'une Cornélie
ne vaut-elle pas tous les discours des Gracques ?
On n'est jamais supérieure à sa vocation, surtout à
celle de mère, la plus élevée de toutes.

Ceci est pour les femmes mariées plus spécialement. Mais pour nous, femmes seules, qui sentons
notre vie si vide, est-il besoin d'un tel remède pour
la remplir? Est-il nécessaire de sortir de notre sexe
et de nous créer des devoirs faits pour d'autres? Ce
n'est point l'étendard de la réforme que vous levez,
c'est celui de la révolte. J'ai sous les yeux une bro-
chure écrite par l'une d'entre vous, où l'auteur fait
preuve de beaucoup de qualités intellectuelles et
morales, hors une capitale : la soumission. Oui, la

femme doit être soumise, et prendre son rôle des mains de Dieu tel qu'il lui est fait, au lieu de chercher à le faire. Ce n'est pas de l'abdication, c'est de l'obéissance. Ce sacrifice est méritoire, et réclamé par la morale. Est-ce même un sacrifice? Oui, si vous considérez vos désirs; non, si vous considérez le devoir, et, au fond, votre propre intérêt.

A nous donc, mes sœurs, de ne pas chercher ce qui flatte la vanité, le succès, la notoriété; à nous de remplir l'œuvre domestique qui est la nôtre; à nous de faire l'éducation et l'instruction des enfants, de renoncer aux jouissances, aux frivolités, d'être patientes, pleines de support, et pénétrées de l'idée que, quoi que nous fassions, nous ne serons jamais supérieures à notre rôle.

Rôle imposé, rôle nécessaire, d'ailleurs. Imposé par qui? par les hommes? Non, mais par Dieu, N'est-ce pas Lui qui nous a créées, qui veut notre bonheur? Il le veut par ses voies, qui ne sont pas les nôtres : ne songeons pas à nous y soustraire sous prétexte de l'améliorer. Si la tâche est pénible, elle n'est pas impossible et il y aura double gloire à triompher de ses difficultés.

Mais accepter n'est pas tout. Le bonheur, suivant Dieu, en Dieu, se compose de deux éléments, l'un passif, l'autre actif. D'une part, accepter la vie telle qu'elle est, de l'autre la vouloir et l'aimer telle qu'elle est. « Il faut avoir la vaillante volonté d'être heureuse. » Oui, sans doute, pour être heureuse il faut vouloir, vouloir vivre, vouloir lutter, vouloir vaincre. Or, la volonté ne s'exerce avec cette sûreté d'application que lorsque le travail l'a accomplie, dirigée, trempée. Il faut donc travailler, mes sœurs.

Mais à quoi bon? dira-t-on peut-être. La femme qui travaille n'est pas considérée. Il est vrai que la société commet cette injustice, la plus révoltante de toutes. Pourquoi la femme qui repousse l'oisiveté n'est-elle pas honorée? Pourquoi l'homme méprise-t-il celles qui ne vivent pas de leurs rentes, mais du fruit de leur travail? Pourquoi l'oisiveté, c'est-à-dire la lâcheté, est-elle un honneur et le travail, c'est-à-dire le courage, une dégradation? C'est le cancer de la société.

Le seul droit que je revendique pour la femme, c'est qu'on honore l'ouvrage de ses mains. Si son éducation ne lui permet pas de vivre de ses talents, elle ne s'abaisse pas en vivant d'un métier. Est-ce l'état qui honore l'individu, ou l'individu son état? « Il n'y a pas de sot métier, » a-t-on dit pour les hommes. Y en aurait-il de sot pour les femmes? Et lorsque vous respectez l'un quand il vit honnêtement de son travail, pourquoi mépriser l'autre? Que cette injustice cesse. Il y a là de ces absurdités illogiques avec lesquelles il est temps de finir.

Travaillez donc. Et si quelqu'un d'entre vous, mes

sœurs, se sent capable d'écrire pour vivre, qu'elle
n'ait jamais qu'un but : Élever l'âme du lecteur par
ses ouvrages. Que l'influence morale soit votre domaine, et le bien votre œuvre. Ceci m'amène à
parler des lectures.

La femme aime le livre sous la forme du roman.
Je ne nie point le charme de la fiction. Elle a sa
valeur, mais à une condition : c'est qu'elle ait un
idéal, dont elle nous rapproche. L'art véritable doit
élever et assainir. Tel auteur, qui s'intitule natura-
liste, écrivain de talent, d'ailleurs, ne sera, faute
d'idéal, qu'un peintre sans portée et une imagination corruptrice. M. Zola dit que l'esprit est mal
nourri par les romans de G. Sand. J'en tombe d'accord. Mais si lui-même applique à la peinture de
la réalité malsaine toutes les habiletés de son pin-
ceau, s'il fait de cette réalité et de ses horreurs le
but unique et la morale même de ses livres, qui ne
voit combien G. Sand est inoffensive auprès de lui ?
Je n'ai pas à citer ici des titres d'ouvrages, hélas !
trop connus, dont le succès prouve bien plus contre
le public qu'en faveur de l'écrivain. M. Zola tire de
ce succès une vanité qui serait cynique , si elle n'é-
tait naïve. Il y a, au cœur du vieux Paris, un petit
édifice dont il doit être jaloux, car la foule s'y presse
encore plus compacte qu'autour du théâtre où l'on
joue l'*Assommoir*, — c'est la Morgue.

14.

Mais, dira-t-on, s'il fallait ne peindre que d'honnêtes gens, quel imprévu aurait la lecture? Emile de Girardin a dit : « Il y a dans les profondeurs du vrai, mais du vrai sans alliage et sans placage, une foule de situations nouvelles qui seraient éminemment dramatiques. — Dramatiques, c'est-à-dire aussi intéressantes à la lecture qu'au spectacle. Les deux ont beaucoup d'analogie, et valent également pour l'éducation de l'esprit. Ce « vrai sans alliage et sans placage, » est-ce le prétendu « naturalisme » de nos jours? Non, car tout n'est pas laid, tout n'est pas difforme, tout n'est pas vice sous le soleil. Peignez donc la vie ordinaire, mais au lieu de mettre en lumière ses côtés repoussants, promenez le rayon de votre talent sur ce qu'elle peut avoir de beau, de noble; idéalisez-la.

Procédé suranné, dit-on. Nos auteurs, fatigués de rendre un culte à la beauté, versent à plein chariot dans la laideur pour éviter l'ornière. « Il leur faut du nouveau, n'en fût-il plus au monde. » Et l'horrible seul leur semble nouveau, comme si l'on pouvait épuiser les formes de la beauté! Une nouvelle esthétique paraît, qui réveille les esprits émoussés, comme ces mets grossiers dont un palais blasé fait ses délices. Maladie et décrépitude! En attendant, les âmes perdent la notion du bien et du mal jusqu'à les confondre; les esprits se dissolvent, et les courages s'affaissent. Car ce qui n'élève pas dégrade.

Les peuples sont comme les enfants : pour qu'ils soient bien élevés, il faut moins signaler le mal que montrer le bien.

Pourquoi donc, mes sœurs, préférez-vous les romans aux autres livres? Voulez-vous le savoir? Vous vous êtes gâtées. Un livre traitant de morale vous ennuie. Si vous vous y appliquiez une fois, vous en sentiriez l'intérêt. Plusieurs ouvrages de ce genre sont supérieurs aux meilleurs romans pour le charme et la vérité des peintures. D'autres y racontent votre histoire. J'en ai déjà mentionné plusieurs, que j'ai en grande estime. *La Femme forte*, de Mgr Landriot, est de ce nombre. Quelle délicatesse, quelle clairvoyance presque féminine dans la peinture des travers de la femme, de ses puissances et de ses devoirs! Non seulement les femmes célibataires, mais les mères de famille, profiteraient beaucoup à de telles lectures.

Les devoirs des femmes célibataires ainsi marqués, je dois justifier le mot « appel » qui est en tête de ce chapitre. C'est bien un appel chaleureux que je leur adresse et je pousse vers elles un cri d'encouragement que je voudrais voir suivi d'effet. L'œuvre est grande et il ne manque pas d'ouvrières. A l'œuvre, mes sœurs, et songez à embellir votre vie, à embellir celle des autres par l'accomplissement de vos devoirs. Embellir! Ce mot en dit beaucoup. La

vraie beauté renferme ce qui est bon, car les choses
bonnes ont leur beauté propre. Pour moi, j'estime
que la femme doit faire aimer la vertu en la rendant attrayante. Je ne parle pas d'une beauté extérieure, bien que je pense souvent que les femmes jolies
devraient être heureuses, car elles peuvent rendre
heureux autour d'elles ceux que charme le rayonne-
ment de leur beauté. Je parle de la beauté intérieure,
de celle de l'âme, c'est par celle-là qu'il faut se distinguer des autres, et les aider en leur servant
d'exemple.

Si telle est votre vie, mes sœurs, vous aurez beau
être sans famille, vous ne serez pas seules ; pauvres,
vous ne sentirez pas l'indigence ; brisées par la maladie, vous ne souffrirez pas. La vieillesse sera pour
vous une amie plus calme, dont les bras vous ou-
vrent un refuge, et la mort cessera d'être le roi des
épouvantements. J'aime parfois à me représenter
deux femmes âgées, deux amies, l'une veuve, l'autre
célibataire : celle-ci a-t-elle manqué de vocation ?
Non, sans doute. Si son amie a pu élever ses enfants, elle a élevé des enfants étrangers, joué le rôle
de mère auprès de ceux qui n'en avaient point.

Laquelle des deux est la plus heureuse ? Je ne
sais. Leur visage rayonne également d'une joie céleste, et la paix habite leurs cœurs. On dirait d'elles
comme de saint Louis : « La douceur de leur sourire et l'assurance de leur regard indiquent que leur

force vient d'en haut. » Elles ont compris que la douleur, soufferte avec Dieu, perd son aiguillon, et que la jouissance partagée avec Lui et en Lui a de nouvelles délices. Si l'une a été heureuse à son foyer, l'autre a porté le bonheur au foyer d'autrui. La joie et la peine ont été, de part et d'autre, équilibrées. Chacune est prête à s'endormir au sein de ses œuvres, comme sur un oreiller immortel.

Y a-t-il donc lieu de se plaindre, mes sœurs ?

CHAPITRE VI

—

FEMMES, ACCEPTONS NOTRE RÔLE ET NE DÉSIRONS QUE CELUI-LÀ.

> On peut ainsi définir le rôle de l'homme et de la femme : du côté de l'homme c'est le pouvoir ; du côté de la femme, l'influence. Si la femme, à ce compte-là, est mécontente de son partage, j'ose dire qu'elle n'y entend rien. L'âme la plus vulgaire peut aimer le pouvoir; une âme élevée et qui sent sa force préférera l'influence, qui est le pouvoir de l'âme.
>
> A. VINET.

Nous voici à la fin de notre tâche. Si elle avait quelque prétention littéraire, je m'excuserais d'une insuffisance qui éclate dans ce petit ouvrage de la première à la dernière ligne. Mais tel n'a pas été mon but. Je me suis moins piquée de bien dire que de dire bien, de parler à l'esprit que de parler au cœur. Pour cela je n'ai point visé au style, je me suis simplement épanchée, et j'ai causé, interrogé, répondu. Ce petit livre est spécialement destiné aux femmes. Si quelque « roi » de la création y jetait cependant les yeux, qu'il soit indulgent. Du reste, je n'ai point prêché la révolte, et, bien que femme de progrès, je n'ai pas même plaidé la cause de l'émancipation féminine, telle qu'on l'entend aujourd'hui. Ce ne sont point les lois qui relèveront la femme, — laquelle ne relève pas des lois, mais de la morale, — c'est elle-même. Qu'elle exerce et développe son corps, elle le peut, elle le doit. Mais, de même que, physiquement, elle ne sera jamais l'égale de l'homme, de même, dans le combat de la vie, *elle* ne peut se mesurer avec lui ou marcher son égale.

J'ai tâché de mettre en relief l'utilité de la vie de famille; sans elle les sociétés se perdent et se corrompent. C'est pourquoi la femme ne doit pas déserter le foyer pour faire figure dans le monde, ou pour y usurper les fonctions qui ne sont pas les siennes. Gardons notre place, et que la femme soit de plus en plus :

Reine du bonheur domestique, exerçant ainsi son influence sur la famille et les générations futures ;

Prêtresse du devoir, donnant ainsi l'exemple à tous ceux qui l'entourent ;

Aide et amie de l'homme, non pour se substituer à lui, mais pour avoir sa part dans l'œuvre du bien, dans l'amélioration de la société ;

Enfin, servante de Dieu et de l'humanité. Que dans ce rôle elle s'efface elle-même, pour se donner tout entière en ne demandant rien.

Ici, j'avais posé la plume, quand une phrase citée par M. Legouvé, dans son livre sur les Femmes, me décide à la reprendre. Il s'agit d'un mari à qui l'on reprochait de tenir sa jeune femme éloignée des plaisirs. Il répondit : « Que voulez-vous, mon cher ? Dans un bon ménage, il faut bien que quelqu'un se sacrifie, et il est juste que ce soit la femme. »

L'égoïsme est ici brutal. Trouver juste que l'abnégation soit toujours pour la femme et le plaisir pour l'homme, est un sentiment inqualifiable. Heureusement, tous les hommes n'en sont pas là.

Retenons seulement ce que cette histoire a de juste. La femme, hélas ! trop souvent a le côté pénible de la vie. Mais il ne faut pas qu'elle se décourage. S'il faut se sacrifier, à elle de donner l'initiative. Soyons plus généreuses que le monsieur dont parle Legouvé, et prenons la charge sur nos épaules, heureuses de l'éviter à d'autres.

Ainsi, nous n'*accepterons* pas seulement notre tâche difficile, — nous ne *désirerons* que celle-là ; nous l'accomplirons de mieux en mieux, et Dieu aura vu les efforts de ses enfants !

JEANNE E. KNAPPERT.

Montpellier, octobre 1879.

TABLE

—

ACHEVÉ D'IMPRIMER

LE 30 NOVEMBRE MIL HUIT CENT SOIXANTE-DIX-NEUF

POUR

G. FISCHBACHER, ÉDITEUR

PAR CHARLES NOBLET, IMPRIMEUR

13, RUE CUJAS, PARIS